博多 那珂川《なかがわ》殺人事件

旅行作家・茶屋次郎の事件簿

梓 林太郎

JN075992

祥伝社文庫

目次

本書関連地図
中洲川端
須崎町
中洲中島町
中洲中央通り
櫛田神社
福博であい橋
西鉄福岡(天神)
博多
那珂川
住吉通り
渡辺通
柳橋
N

地図作成／三潮社

一章　蟬《せみ》の素顔

1

珍《めずら》しいことだが、ハルマキが三十五分遅れると電話をよこした。電話を受けたのはサヨコ。彼女は、「どうしたの」とハルマキに訊《き》こうとしたらしいが、切られてしまった。

「あいつ、なにかあったな」

サヨコは舌を鳴らしてつぶやいた。「痴漢《ちかん》はまず考えられない」

サヨコは、取材してきた岩壁とその裾《すそ》を洗っている渓流《けいりゅう》の音を、どう書くかと考えている茶屋《ちゃや》のほうを向いた。

ハルマキの出勤が三十分遅れようが、四十分遅刻しようが、本日の茶屋の仕事に支障はない。彼は、書き出しの一行を書いて、それが気に入れば、あとはめったに渋滞《じゅうたい》しないタイプだ。

「きょうはヘンな日」

サヨコは、資料がぎっしり詰め込まれた書架の横の窓を開けた。夏が終わりを告《つ》げかけているというのに、窓の近くで蟬《せみ》が鳴いている。ここは渋谷《しぶや》のド真ん中。蟬の声を聴くのは珍しい地域である。公園の木立ちで一生懸命、一緒になってくれる相手を呼んでいたが、着ているものが地味で目もとまらないのか、鳴き声が悲鳴にしか聴こえないのか、「わたしでよかったら」と、彼の横へとまってくれるメスの蟬はいなかった。それで思い切ってビルの谷間へやってきた。ビルの壁がいい、という変わり者がいるのではと、灰色の壁に貼りついて、声をかぎりに、「おれの寿命はあと数日。早く見つけて」と、全身を震わせているようなのだ。

ハルマキは決められている出勤時間を正確に三十五分遅れて出勤した。通勤電車のなかで腹でも痛くなったのか、それともくしゃみがとまらなかったのか、と、茶屋がハルマキをちらりと見ると、彼女の背中に隠れるように女性が入ってきた。

ハルマキは、パソコンの前にすわっているサヨコには目もくれず、茶屋の前に立った。連れてきた女性を横に並ばせると、

「大谷深美《おおたにふかみ》さんです。先生にぜひ聞いていただきたい深刻な問題があるので、お連れしま

した」

といってから、「この人が茶屋次郎《じろう》先生ですよ」

と、子どもに教えるようないいかたをした。

「大谷です。よろしくお願いします」

と頭を下げた大谷深美は、襟《えり》にだけ小さな花柄のある白いシャツを着て、濃紺《のうこん》のパンツを穿《は》き、白いバッグを持っている。身長はハルマキと同じ一五八センチぐらいで痩《や》せぎす。歳は訊かなかったが二十四、五といったところだ。色白で目の細いところがやさしげである。

深刻な問題だろうと、しぜんに笑いがこぼれるような楽しい話題であろうと、他人を紹介するには、事前に承諾《しょうだく》を得るのが普通だが、この朝のハルマキはなにも断わらず、出勤を三十五分遅らせただけだった。

ハルマキは、大谷深美には深刻な問題があるといった。事前に深美がハルマキに相談したのだろう。彼女に話せば解決するとでも思ったのか。

茶屋は深美の風采《ふうさい》を見てからデスクをはなれて、ソファをすすめた。

彼女は一礼して腰掛けると、手を膝《ひざ》に置いた。問題を話すについては自分を知ってもらわねばと気付いてか、自己紹介をした。

「わたしは江東区《こうとう》の亀戸《かめいど》八丁目に住んでいます。みすず荘というアパートです。勤《つと》め先は墨田《すみだ》区東向島《ひがしむこうじま》のコガネ容器という会社です。東武《とうぶ》亀戸線の電車に亀戸水神《すいじん》駅から乗って、東向島で降りています」

茶屋が訊いたわけでもないのに、彼女は几帳面《きちょうめん》な性格なのか通勤経路まで話した。

「コガネ容器というのは、大きな会社ですか」

「大きくはありません。従業員が三十人ぐらいです」

「あなたは、どんな仕事を」

「高さ六センチ二ミリの容器を洗って、疵《きず》がないかを検査しています。中学を出て、そこへ就職して、八年間、同じ作業をやっています」

ハルマキがジュースを注《つ》いだグラスを、茶屋と深美の前へ置いた。サヨコはパソコン操作を忘れてしまったように手をとめ、深美の顔に注目している。

「きょうは平日だが」

「春川《はるかわ》さんが、茶屋先生を紹介してくださるといったので、会社を休みました」

そうだった。ハルマキの本名は春川真紀《まき》。サヨコにも本名があって、江原小夜子《えばらさよこ》。サヨコのほうがハルマキより一歳上の二十六。

「会社は毎日、午後五時十五分に終わるものですから、時間があまってもったいないので、亀戸のカフェでアルバイトをしています。土曜は午前十一時からカフェへいって、お客さんのオーダーを聞いたり、器《うつわ》を洗ったりしています」

「働き者なんだね、あなたは」

「いいえ。わたしのやるようなことは、みんながやっていると思います」

茶屋は、パソコンの陰から顔をのぞかせているサヨコと、丸盆を下半身に押しつけてぼうっと立っているハルマキを、一瞥《いちべつ》した。

「あなたは、東京出身ですか」

「分かりません」

「分からないって、生まれたところを知らない人は、珍しいと思うが」

「生まれたところを母に訊きましたら、福島《ふくしま》といったり、宮城《みやぎ》といったり、それから名古《なご》屋《や》だといったこともありましたので」

どうやら彼女は自分の戸籍簿《こせきぼ》などを見たことがないのだろう。人は出生地を正確に知らなくても生きてはいける。自分の戸籍簿を一度も見たことがないまま生涯《しょうがい》を閉じた人もいるのではないか。

「お父さんは」

深美は首を横に振った。

「お母さんとは一緒に暮らしているんですね」

「いいえ。母は三年前、一緒になりたいという男の人ができたので、わたしは別居することにして、いまのアパートへ移りました。母の住所は浅草《あさくさ》警察署のすぐ近くのマンションです」

「お母さんとあなたは、仲が悪いわけじゃないんですね」

「仲よしです。わたしは母のことが好きですので」

深美には兄も妹もいないという。まるで一人旅の迷い子のような二十三歳だ。

彼女の身元を聞いたところで、ハルマキのいう深刻な問題に話を移すことにした。

「じつはわたし、一年ちょっと前からお付き合いしている人がいました」

過去形だ。付き合っていた人と別れたとでもいうのか。

「その人、二週間ぐらい前に、病気で倒れました。軽い脳梗塞《のうこうそく》ということです。亀戸の病院に入院したので、わたしは毎日、会社が終わったあとお見舞いにいっていました。その人が入院してからは、カフェのアルバイトは休んでいます」

彼女はバッグからハンカチを取り出した。

サヨコは、「なんだ、男の話か。面白《おもしろ》くない」とでもいうようにパソコンに向かった。

ハルマキは炊事場のほうへ歩いた。

「その人は外出先で倒れたので、なにも持たずでした。その人は、わたしによくしてくれたので、恩返しのつもりで、面倒を見ることにしました」

彼女はなんとなく古風ないいかたをした。

「軽い脳梗塞《のうこうそく》ということですが、その人はいくつですか」

「六十歳だといっていますけど、もっと若く見えます」

彼女は年嵩《としかさ》の男性が好きなのか。経済的な面のみをあてにして、ずっと年上の男と付き合う女性はいるが、深美もそうなのか。

彼女は、自分を好きだといってくれる人を、どこかで欲していたのかもしれない。彼と並んで歩いているところを見た人は嗤《わら》うだろうが、そんなことは考えなかった。いずれ彼と別れる日が訪れそうな気もしたが、そのときのいいわけを彼なら聞き入れてくれそうにも思われた。五年か六年先には彼の容姿は変わるだろうが、付き合ってくれといわれたとき、それは考えなかった。若い相手とちがって心は平穏でいられそうだし、経済的に頼りになるという複合的な感情がはたらいたような気もする、と、彼女は視線をやや下に向けて話した。人との出会いは理屈じゃなく運命だと思う、と付け加えた。

彼女は彼から急病で入院したと連絡を受けたので、病院へ駆けつけた。彼は話しづらそうだし舌がもつれていた。歩行も満足でないということだった。彼女は彼のたどたどしい話しかたを聞いて涙を流した。

　入院すると着替えなどをはじめ必要な物がある。自宅からそれを持ってきてほしいと彼女は頼まれた。

　彼の住所は、東武亀戸線の小村井《こむらい》駅の近くだと聞いていた。五、六年前に妻が病死し、以来独《ひと》り暮らしということだった。

　糸島末彦《いとしますえひこ》という名の彼は、深美に正確な住所を教え、部屋の合鍵《あいかぎ》のひとつを渡した。

　彼に教えられたマンションはすぐに分かった。東京スカイツリーが近くに見えた。そこは彼女が暮らしているアパートよりも古そうな五階建てだった。無人の他人の住まいへ入るのは初めてなので、玄関ドアを開けてから、『ごめんください』といった。それに応《こた》えてだれかが出てきそうな気がして、彼女はしばらく靴を脱《ぬ》ぐことができなかった。

　二室にキッチンの間取りだが、殺風景な感じがした。テレビと小型の冷蔵庫以外に家財らしい物は置かれていないからだった。

　壁ぎわに布団がたたまれていた。押し入れを開けると、洗濯した衣類が、それもきちんと重ねられていた。隣室には小ぶりの仏壇があった。位牌《いはい》は一つだけ。妻のものだろうと思われた。線香を供《そな》えた跡があった。深美は手を合わせると目を閉じた。

　キッチンを見て彼女は驚いた。茶碗《ちゃわん》と椀《わん》と箸《はし》が笊《ざる》に入っていた。ジャムの容器をグラス代わりに使っていたようだ。肉厚の湯呑《ゆの》みがあったが縁《ふち》は欠けていた。アルミの小さな鍋が二つあった。その一つでご飯を炊《た》いていたのか、炊飯器はない。

糸島は深美と会うたびに、ビルの最上階のレストランや、すし屋や、すき焼きの店へ連れていってくれた。カニ料理の専門店にもいった。去年の十二月の日曜日には上野《うえの》のデパートへいき、『要《い》る物があったらなんでもいいなさい』といわれた。彼女には特に欲しい物はなかったが、マネキンが着ているコートを見ていた。

『試着してみたら』

と彼にいわれたが、着る機会がないのではと思ったので、首を横に振った。

『ぼくはあんたに着てほしいんだ。ぼくの買ってあげた服を着て、会いにきてほしいんだよ』

男性から初めて聞いた言葉だった。

店員は試着をすすめた。値札をちらりと見た。想像していた値段の倍。彼女は尻込みした。

店員の口車《くちぐるま》に乗せられて試着した。自分には似合わないと思っていたので恥ずかしかった。コートは三色あった。三色に袖《そで》を通して鏡に映った。

『どの色も似合うけど、どれにする』

彼は買うことに決めていた。彼女は胸のなかで、『買っても着て歩けない、着て歩けない』と繰《く》り返した。

彼女は恐々《こわごわ》、黒を選んだ。店員はあらためて黒を着せると、身丈《みたけ》も袖丈も直すところはないといった。

黒のコートは箱に入った。それを持って中華料理店へ入った。その店で笑いながら話し合っている人たちが着ている服は、きらびやかだった。彼と会うときには服装に気を遣《つか》わなくてはと思い、額《ひたい》ににじんだ冷や汗をハンカチで拭《ぬぐ》った。

深美は、糸島の住まいのキッチンを見て、彼が切りつめた生活をしていたのを知った。会うたびに彼女をしゃれたレストランや料理屋へ連れていったのは、彼の見栄《みえ》だけでなく、彼女への愛情のあらわれだろうと解釈した。

彼女は入院患者を見舞いにいったことはなかったので、すぐに必要な物はなにか迷った。が、とりあえず下着類を持っていくことにした。

鞄に下着を詰め込むと、もう一度仏壇に手を合わせたという。

深美は、そのときを思い出してか、胸の前で手を合わせた。

茶屋の目に深美のしぐさは素朴《そぼく》に映ったが、瞳は一点を見つめて異様に輝いていた。

サヨコは、深美に興味を失ったらしく、茶屋が取材してきたデータをコトコトとパソコンに打ち込んでいる。

ハルマキが背中を向けている炊事場からは、コーヒーの香りが立ちはじめた。

2

「糸島さんは入院して、十二日目……」

深美はそういってから、ジュースを一口飲み、片方の手で胸を押さえた。

「病院からいなくなったんです」

サヨコが上半身をななめにして、深美に注目した。

「いなくなったとは。退院したということではないんですね」

「抜け出したということです」

「抜け出てから何日……」

「きょうで五日になります。わたしはきのうまで、毎日病院へいきました。糸島さんのベッドは入院していたときのままになっています」

入院して十日分の治療費の請求書が届いていたので、それを深美が支払ったという。

きょうが九月十九日だから、病院を抜け出したのが十四日、入院したのは三日だったということになる。

「糸島さんという人の病状は、よくなっていたんですか」

「入院したばかりのころよりは、言葉がはっきりしてきていました。毎日のリハビリの効果があったのだと思います」

糸島が病院を去った理由について、思いあたることはない、と深美はいって、ハンカチで目頭を押さえた。

入院先を抜け出るとは、よほどの事情があったにちがいない。

糸島は、深美と会うたびにちょっとしゃれたレストランなどへ連れていったし、昨年末には高価なコートを買い与えた。彼女へのプレゼントはそのコートだけではなかったろう。

しかし日常は切りつめた生活を送っていたようだ。彼女は糸島の住まいを見て、その質素な暮らしぶりに驚いたという。彼は彼女と付き合うために無理をしていたのか。ほんとうは高価なコートなどを買う余裕はなかったのではないか。

もしかしたら彼は、病院の治療費の支払いが困難になったのでは。

しかし、治療費の支払いに困窮《こんきゅう》する患者に対しては、救済措置がある。それを申告すればどこの医療機関でも相談にのってもらえるのだ。それぐらいのことを糸島は知らなかったのだだろうか。

「糸島さんは、どんな人ですか」

茶屋は、ハルマキの淹《い》れたコーヒーを一口飲んだ。いつもより濃いめだ。カフェでアルバイトしている深美を意識したのではないか。深美はなにも足《た》さずにコーヒーを一口飲むと、おいしいといった。喫茶店のコーヒーとはちがうともいった。

「糸島さんは口数が少なくて、穏《おだ》やかです。上野の美術館へいったことがありましたけど、一つの絵を長く観ていました」

「長くというと、どのぐらい」

「三十分ぐらいです」

「それは長い。その絵を観て、あなたになにかいいましたか」

「なにもいいません。二時間以上かけてひととおり観終わってから、また長く観ていた絵のところへ引き返して、十分ぐらい観直しました」

「それは、だれが描いた、なんという絵」

描いた人の名も、絵の題も忘れたが、糸島とともにあらためて観直すと、ある家族の生活《くらし》ぶりが語られているようで、じっと観ているうちに身震いを覚えた、といった。その絵に描かれている中年男は、家のなかなのに長い顔に中折れ帽子をかぶってタバコをくわえくゆらしている。母親に抱かれた幼い子どもは、目の前のリンゴに目を奪われている。子どもを抱いている母親は憂鬱《ゆううつ》で不満を胸に抱えていそうな、暗い色をまとっていた、と深美は少し上を向いて説明した。

彼女のいう絵を茶屋は観たことがあるような気がした。大正期のある画家の出世作ではないかと思う。

茶屋は深美を見直した。糸島末彦の人柄を伝えるのに、絵画を鑑賞したさいの気配のようなものを話したからだ。

「その絵を糸島さんは初めて観たんでしょうか」

「そうだったと思います」

「その絵の感想を、あなたに話しましたか」

「なにもいいませんでした」

茶屋はまたコーヒーを一口飲むと、糸島はなにをしている人かと訊いた。

「お友だちの会社のお手伝いをしているといっていました」

それはどんな業種かなど、彼女は突っ込んで尋《たず》ねたことはなかったようだ。

深美はまばたくと首をかしげた。なにかを思い出したか考えているようだ。

「彼のベッドの枕の上には、名前と年齢と受け持ちの先生の苗字《みようじ》が入った札が下がっています。彼は六十歳だっていってましたけど、六十五歳になっていました」

年齢は保険証などで確認しているだろうから、ベッドの札の年齢は正しいはずだ。

「若いあなたとお付き合いするので、いくつか若くいったんでしょうね」

「六十五歳でもかまわなかったのに」

深美の口元がわずかに尖《とが》った。

これでハルマキが深美を伴《ともな》ってきた理由が分かった。糸島の行方《ゆくえ》をさがさせたいのだ。さがす方法がないものかを、茶屋に聞くためだった。

もしかしたら糸島は、もう自分には将来はないと思い込み、隅田川《すみだがわ》にでも飛び込んだということも考えられる。だがそんな悲観的なことを茶屋はいわなかった。

「病院を抜け出した糸島さんには、自宅へ立ち寄った形跡はないでしょうか」

「わたしもそれに思いあたって、いきました。部屋に入って、しばらくすわっていました」

部屋のなかは、彼女が最初に訪《たず》ねたときと変わっていなかった。布団を延べたようすもないし、笊のなかの食器も変わっていなかった。

「糸島さんは、パジャマ姿で出ていったのでは」

「着替えています。着ていたパジャマはたたんでベッドに置いてありました」

深美は毎日、病院と糸島の自宅を見にいっているという。

肝心《かんじん》なことを訊くのを忘れていた。

「倒れる前の糸島さんとは、どういう方法で連絡をし合っていたんですか」

「電話かメールで」

「糸島さんもスマホを持っていたんですね」

「ガラケーです」

糸島が病院を抜け出したのを知ったとき、深美はすぐに彼の番号に電話した。すると電源が切られていることが分かった。彼女はその後も日に何度か糸島に電話してみているが、通じないという。

糸島は外出先の路上で倒れ、救急車で病院に搬送された。そのときは意識を失っていたので、身元を訊くことはできなかった。意識がもどると病院では事務上の手続きで、身元を証明できる物を出してもらい、連絡先などを訊いた。彼は、深美の電話番号を教えたようだという。

係累や内縁関係の人がいても、それを一切《いっさい》答えない人がいるのを、茶屋はかつて病院の事務局に勤めている人から聞いたことがあった。連絡先のない患者は、亡くなっても行き場がないのだ。

「係累がまったくないという人は、めったにいるもんじゃない。糸島さんにはかつて奥さんがいた。亡くなった奥さんの血筋を追えば、係累が分かる。それより、糸島さんの住居で、持ち物を調べてみたらどうでしょう。彼の行き先でなくても、親戚の一人ぐらいは分かる物があるんじゃないかな」

糸島には子どもがいることも考えられる。なにかのきっかけで子どもとは交流が途切れた。そういう人は世の中に大勢いる。落ちぶれた自分の姿を子どもに見せたくなくて、縁遠くなったという人もいる。

「六十五歳か。最近まで役所か会社に勤めていた人かもしれない」

定年退職後は、比較的ゆるやかな仕事に就《つ》いているという人ではないのか。

糸島は深美に、友人の仕事の手伝いをしていると曖昧《あいまい》なことをいったが、自分で仕事をしているのかもしれない。自由業だ。

「そうだ。その人は絵を描いているのかも。どこかにアトリエがあって……。だから住まいが簡素なんじゃないのか」

茶屋は、ひらめきをいった。あたっていそうな気もする。

「画家ですか」

深美は瞳をくるりと回転させた。

「プロの画家とはかぎらない。趣味で描いている人は大勢いる。糸島さんは経済的に余裕のある人なんじゃないかな」

「そういう人が、病院を抜け出すでしょうか」

深美は、茶屋の思いつきを疑うような顔をした。

「たとえ趣味であっても、絵を描く人はいつも絵のことを考えている。たとえば風景でも、立ち木の位置や大きさをどうしようとか、どんな色を塗ろうとか。糸島さんは病院で、ぼんやりと天井を見ていたんじゃなくて、絵を空想していた。そうしたら、いい構図やいい色が浮かんだ。居ても立ってもいられなくなって、アトリエへ駆けつけた……」

深美は首をかしげた。茶屋の想像がはたしてあたっているのか、それとも彼があてずっぽうをいっているのかを、推《お》し測《はか》っているようでもある。

「美術館で絵画を観ようといったのは、あなただったんですか」

「糸島さんでした。上野公園を歩いているうち、美術館の前へ出ました。糸島さんはそこに出ていた大きい案内板のようなものを読んで、入ってみようといったんです。それは冷たい風が吹いている日でしたので、わたしはほっとしました。早く屋内に入りたかったんです」

それまでの深美は、美術館へ行ったことはなかった。駅や公民館のような場所の壁に何点か貼られている児童の絵は観た記憶がある、といってから、あっ、といって両手を頰《ほお》にあてた。

「絵のことで思い出したことがあります」

「糸島さんと絵のこと」

「彼には直接関係のない、ずっと前のことです」

茶屋は彼女に、話を促《うなが》した。

「わたしが小学校三年生ぐらいのときでした。母に連れられて、大きな家を訪ねました。その家の応接間に通されましたけど、母が会うつもりだったと思われる人は、なかなか出てきませんでした。その部屋には大きな絵が架けられていたので、わたしは椅子《いす》を立ってその絵を観ていました」

「どんな絵だったかを、憶《おぼ》えているんですね」

「男の人だったと思いますが、茶色か黒の大きい鞄《かばん》を持っている後ろ姿でした。その人が歩いていく先は、湖か海のようで、ところどころが光っていました」

「よく憶えていますね」

「その絵を二回観たからです」

「二回というと」

「その家を二回訪ねたんです」

応接間は客を迎える場所でもあるので、たいていは美しい風景か静物か花の絵を架けるだろう。なかには若い女性の絵を飾っている家もあるのに、彼女の記憶に残っている絵は、応接間には似つかわしくないような気がする。

「その家へ、お母さんはどんな用事でいったんでしょう」

「わたしをあずけるためだったようです」

3

深美の産みの母は、彼女を人にあずけていなくなったという。彼女をあずかった人は育てていく自信がなかったのか、深美が可愛《かわい》くなかったからか、施設に連れていって事情を話したらしい。

深美は五歳のとき、子どものいない大谷夫婦に引き取られ養子縁組をした。深美の母親になった朝子《あさこ》は、大病をして子どもを産めないからだになっていたのだった。

『わたしは、女の子が欲しくてしょうがなかったの。女の子を連れて歩いている人を見るたびに、うらやましかった』

と朝子はいったが、ふたたび病気になると、深美が負担になった。それで、知り合いに彼女を託《たく》そうとしたようだった。知り合いとの話し合いは成立せず、彼女は他人の家で起《き》居《きょ》せずにすんだ。

深美の父親となった人は、子どもの扱いかたが不器用で乱暴だった。彼女が背中にからみついたりすると、『うるさい、静かにしてろ』といってねじ伏せた。彼は植木職人だった。親方がいて、そこへ雇《やと》われていた。酒好きで、毎晩、茶碗に注《つ》いで飲んでいた。休みの日は朝から飲《や》って、酔うと眠った。タバコを口からはなしたことがなく、彼の近くにいくと酒とタバコの臭いがした。

小学一年の終わりごろまで、深美は父と一緒に風呂に入っていた。

父は稼《かせ》ぎがよくないくせに、母を働かせるのを嫌った。母は頼まれて、ときどき料理屋を手伝いにいった。父は仕事から帰って母がいないと機嫌《きげん》が悪く、深美に八つあたりし、縫《ぬ》いぐるみを投げつけたりした。

父は、深美が中学一年のとき、胃がんで死んだ。死んだ父が病院から自宅に戻ると、その枕元で深美は酒を飲んで、吐いた。悔《くや》みをいいにきた造園業の親方の頭を、孫の手で滅《めっ》多《た》打ちし、母に手をしばられた。

「母は、きれい好きで、とても若わかしいです。いま四十八歳ですけど、五つは若く見えます。三年前、いくつか歳下の男の人と知り合って、一緒になりました。男の人は普通の会社員ということです。離婚経験のある人で、別れた奥さんとのあいだに子どもが三人いて、一番上の女の子は奥さんが連れていき、二番目と三番目は、彼が引き取っていたそうです」

「男性が引き取った二人の子どもは、男、女」

茶屋は深美の話に引き込まれて訊いた。

「二人とも女の子ということです」

「その二人は、あなたのお母さんと一緒に暮らしているんですね」

「いいえ。姉妹は近くに住むことにして、お父さんと母とは別居だそうです」

「二人とも十代では」

「高校生と中学生ということです」

「あなたのお母さんは、二人の子どもからお父さんを奪ったと、恨《うら》まれているんじゃないでしょうか」

「そうだと思います」

深美の母は、義理の娘となった高校生と中学生の姉妹に会っているのだろうか。交流があるのだろうか。

深美の家庭は一本の線にまとまっておらずなんとなく複雑だ。彼女がからむとなにかが起こるという運勢のようなものを、深美は背負《せお》っているのではないか。

「わたしのことよりも……」

深美は夢から醒《さ》めたような顔をした。彼女がここを訪ねた目的は、糸島末彦の行方をさがす方法を、茶屋に相談するためだった。

「糸島さんの住居へは、自由に入ることができるんでしょ」

「自由にというか、鍵をあずかったままですので」

「そこへもう一度いって、押し入れのなかのすみずみまでさがしてごらんなさい。家族か親戚が分かる物か、ヒントがしまわれていると思う。なにかを見つけたら、いや、見つからなくても、私に連絡してください」

茶屋がいうと、深美は細い目をなお細くして頭を下げた。これから糸島の家へゆくといって立ち上がったが、なにを思ってか顔に手をあてた。バッグは椅子に置いたままだ。なんだか茶屋に、糸島さがしを体裁《ていさい》よく断わられたと感じ、哀《かな》しくなったといっているようである。

ハルマキが寄ってきて、深美の肩に手を掛けた。糸島さんの行方はきっと分かるよ、といっているようだった。

「糸島さんの病気が心配で、わたしは毎日病院へいっていたのに」

病院を抜け出さなくてはならないほどの悩みがあったら、それをどうして話してくれなかったのかと、彼女は唇を噛《か》んでいるのだった。頼りにならない人間と思われたのが口惜《くや》しいようである。

深美は気を取り直したようにバッグを持ち上げると、茶屋にも、ハルマキにも、そしてパソコンの前に腰掛けているサヨコにも頭を下げて出ていった。

サヨコが椅子から立ち上がった。目尻を吊《つ》り上げている。

「先生はどうして、いまの人と一緒にいってあげないの」

キツい目をしている。

「一緒にって、あの人は初めてきて、事情を話しただけじゃないか」

「親しくしていた男性がいなくなったっていう話だけじゃなくて、先生は、彼女の生《お》い立ちや、継母《ままはは》のことまで訊いたじゃないの。彼女には風変わりな過去でもありそうだと思って、彼女がめったな人には話せないようなことまで、根掘り葉掘り訊いたのでは」

「無理矢理私が訊いたんじゃない。彼女のほうから語ったんだ。おまえは仕事の手を休めて一部始終聞いていたんだから、分かっているはずじゃないか。なにがいいたいんだ」

「彼女と一緒に、糸島という人が住んでたところや、入院していた病院へいってやるべきだっていっているんです」

「病院へいったところで、医師や看護師は、他人の私にはなにも話してくれないよ」

「そうかしら。看護師の一人ぐらいに、糸島さんはなにかを話しているかも。深美さんだけじゃなくて、茶屋先生が出ていけば、行方さがしの真剣さが伝わって、患者のプライバシーに関することの一部でも、話すかもしれないじゃないですか」

サヨコはやけに熱心だ。彼女はハルマキのほうを向いた。同感でしょ、といっているようだ。

ハルマキも茶屋をにらむ目をしてうなずいた。彼女は深美から糸島に関する心配ごとをある程度聞いていただろう。聞いているうちに茶屋に相談してみることを思いついた。深美から直《じか》に話を聞いた茶屋は、行動を起こすと読んでいたかもしれない。

サヨコとハルマキは、事務所から茶屋を外へ追い出したいのではないか。事務所に茶屋がいるとうっとうしい。だから出版社との打ち合わせにでも、取材にでも、出ていってほしいのに決まっている。

何か月も前のことだが、茶屋が毎朝十時に出てきて紀行文の原稿を書いていた。それを四日つづけていたらサヨコが、『自宅で書いてもいいのに』とつぶやいた。

自宅には、いつでも書けるようにテーブルに原稿用紙を置いている。執筆したことがないわけではない。が、事務所で書くほど能率が上がらないし、一時間足らずでペンを置く。事務所では、サヨコとハルマキの身動きが目に入る。たまにハルマキは、茶屋のデスクに腰をこすりつけるような格好で通過することもある。日に何度かは固定電話が鳴る。サヨコが小さな声で鼻歌をうたうこともある。茶屋が事務所にいれば来客もある。それでも原稿を書く能率は上がるのだ。

深美が茶屋の事務所を出ていって二時間が経《た》ち、茶屋はハルマキがつくった明太子《めんたいこ》に刻みこんぶをまぜたパスタを、フォークに巻いていた。デスクの電話が鳴った。相手は、衆殿社《しゅうでんしゃ》「女性サンデー」の編集長の牧村《まきむら》。

「なにか食ってますね」

「ああ、昼飯」

「きょうは、なにを」

茶屋は明太子のパスタと、松茸《まつたけ》味のスープだと答えた。

「旨《うま》くないでしょ」

「どうして、そんないいかたを」

「この前、先生の事務所のおねえさんのつくったうどんをご馳走《ちそう》になりましたが、うどんの茹《ゆ》でかたが足りないし、汁の味は……」

「あんたは、旨《うま》いといってきれいに食ったじゃないか」

「そりゃあ、ゴチになった手前のお世辞です。先生は毎日、茹ですぎて腰のなくなったパスタや、茹で足りなくて芯《しん》のあるうどんを」

「用事は、なに」

「この前から、名川《めいせん》シリーズの次の取材先をどこにするかを、決めてくださいってお願いしているじゃありませんか。どこにするか、決めましたか」

茶屋は、忘れていたと答えた。じつはどこにしようかを決めかねていたのだ。国内の名川と呼ばれている川はほとんど書き尽くしたような気がしている。残っている川の代表格は木曽《きそ》川、大井《おおい》川といったところか。

「夕方までに決めてください。決まったら、歌舞伎町《かぶきちょう》で一献《いっこん》ということにしましょう」

歌舞伎町というのは、「チャーチル」という名の上等とはいえないクラブのことだ。その店へ牧村は週のうち二回は通っているらしい。足が細くて長いホステスにぞっこんだからだ。

牧村がハルマキのつくった料理をけなしたので、茶屋は機嫌を損《そこ》ねた。たぶんきょうじゆうには取材先は決まらないだろうといって、電話を切った。

それを待っていたかのように大谷深美が電話をよこした。電話での声を聴くのは初めてだ。

「けさほどは」

と、彼女は突然訪ねた非礼を詫《わ》びた。礼儀の心得《こころえ》がある。そういうことを、いつどこで学んだのか。

「糸島さんの家へいって、押し入れの物などをあらためて見ましたけど、家族とか、親戚の人とかが分かりそうな物は見つかりませんでした」

「そう。では、私が思いついたことをやってみます」

電話を切ると茶屋は、茶屋事務所と同じ渋谷の道玄坂《どうげんざか》にある藤本《ふじもと》弁護士事務所へ電話した。墨田区文花《ぶんか》二丁目に糸島末彦の住民登録があるかを調べてもらいたいと依頼した。

住民票はその人の身元を知る有力なデータだ。本籍が分かる、どこからいつ移ってきたかも分かる。家族がいればそれも載っている。

昼食を終えた茶屋は一時間ほどして、原稿執筆に取りかかった。

と、ドアに控《ひか》えめにノックがあった。洗いものをしていたハルマキが、手を拭《ふ》いてドアを開けた。

「あら」

ハルマキはいったが、「どうぞ」と招《まね》いた。深美がもどってきたのだった。彼女はきょう、会社を休んだ。糸島の行方さがしに専念するつもりなのだろう。彼女は、生い立ちや家族のことまで聞いてくれた茶屋に親しみを覚えたのか。それともハルマキが頼りで、思いついたことでも話すつもりでふたたび訪れたのか。茶屋事務所の三人は仕事中である。そこを考えずにやってきたのだとしたら、世間知らずか、自分のことしか考えない身勝手な性分《しょうぶん》なのか。

4

茶屋が深美に、なんのために茶屋事務所へもどってきたのか訊くと、糸島末彦が入院していた病院へ一緒にいってもらえないかといった。病院には看護師が何人もいる。糸島は深美にいえないことを、看護師のだれかに話していたかもしれないので、それを茶屋に訊いてもらいたいのだという。

「親しくしていたあなたにいえないことを、看護師に話しただろうか」

「わたしにはいいにくいことがあったのかもしれません。それとも、なにかを急に思いついたということも」

「そういうことがないとはいえないが」

「あっ……」

深美は、自分の思いつきにびっくりしたような声を出した。「同じ病棟に、会いたくない人が入院していたのでは」

「それも考えられる。そうだとしたら糸島さんは、だれかから隠れるように暮らしていたということになる」

糸島が会いたくない人は、病院の関係者ということも、といおうとしたところへ、藤本弁護士事務所から電話があった。糸島末彦の住民登録の照会の結果だろう。弁護士事務所は関係先の付近の事務所に照会を依頼するので、結果の報告は速《すみ》やかである。

「糸島末彦の住民登録はありました」

女性事務員がいった。

糸島は二年前、京都《きょうと》市右京《うきょう》区花園《はなぞの》妙心《みょうしん》寺町《じちょう》から現住所へ転入した。本籍は前住所である京都市右京区。住民票に家族の記載はない。

「花園妙心寺町とは、いいところに住んでいたんだね」

「茶屋先生は京都の地理にも詳《くわ》しいんですね」

深美は、茶屋が書き取ったメモを手にした。

「糸島さんから、京都に住んでいたという話を聞いたことは」

「なかったと思います」

彼女はメモを見て意外だという表情をした。

茶屋は深美とともに、糸島が入院していた病院へいってみることにした。

サヨコとハルマキは、外出の支度《したく》をする茶屋を黙って見ていた。

「じゃ、出掛けてくるよ」

「牧村さんから電話がくると思いますよ」

サヨコだ。彼女は意地悪そうな目をしている。

「電話があったら、あした返事をするっていってくれ」

「牧村さん、納得するかしら」

サヨコはパソコンの画面を向いたままいった。

ハルマキは、「いってらっしゃい」といってから、深美と顔を見合わせて微笑した。

二人は電車に乗るために渋谷駅前のスクランブル交差点を渡った。渡りきると深美は振り返って、渋谷は毎日こんなに人が多いのかと訊いた。

「渋谷へきたことはなかったの」

たちまち人が押し寄せる交差点を見ている深美に訊いた。

「きょう、初めてきたんです」

「若い人向けの商店や飲食店がたくさんある。映画館やクラブやライブハウスがいくつもあるからじゃないかな」

深美は、繁華街といったら浅草と上野しか知らないといった。


白い建物の病院に着いた。一階の長椅子には何十人もが腰掛けていた。見渡すと高齢者が多い。糸島が入っていたのは五階だといって、深美は慣れた手つきでエレベーターのボタンを押した。

ナースステーションを囲《かこ》むようなかたちに病室が並んでいた。深美は毎日ここを訪ねているので、何人かのスタッフに顔を覚えられているようだ。彼女はステーションのなかの看護師に頭を下げ、病室に入ることを断わった。

糸島は三人部屋の窓辺のベッドを使用していた。それぞれのベッドは白いカーテンで囲われている。二人の患者は眠っているのか、物音はしなかった。

糸島がいたというベッドのカーテンのなかへ入った。たたまれた毛布の上に、これもきれいにたたまれた縞《しま》のパジャマがのっていた。サイドテーブルの上には白いカップが伏せてあるだけだった。

「ここには、タオルと歯ブラシがありました」

深美がサイドテーブルを指差した。洗面具は糸島が持っていったようだという。

「そのほかになくなっている物は」

茶屋が深美に訊いた。

「鞄です。わたしが糸島さんの部屋から下着を入れて持ってきた鞄。それには下着が二組入れてありました。あと、ケータイも」

もしかしたら糸島は、病気を悲観して死ぬつもりで抜け出したのではないかと想像したが、これはまちがいだ。彼は生きている。やらねばならないことを思いつき、居ても立ってもいられなくなったような気がする。

大柄の師長が入ってきた。五十代だろう。看護師から連絡を受けたにちがいない。

師長は茶屋の素性《すじょう》を推《お》し測《はか》るように見てから糸島との関係を訊いた。茶屋は糸島の身内ではないことと、深美から相談を受けたのだと説明した。

「糸島さんは、普通の生活ができるような状態でしたか」

茶屋が師長に訊いた。

「そういう状態でしたら、退院していただいていました。糸島さんには、軽い意識障害があって、平衡《へいこう》感覚も鈍《にぶ》っていました。そちらはだいぶよくはなっていましたけど、入院した次の日に発症した帯状疱疹《たいじょうほうしん》の痛みがつづいていたはずです」

「聞いたことのある病気ですが、どんな症状ですか」

「糸島さんの場合は、肋骨《ろっこつ》に沿って帯状《おびじょう》に丘疹《きゅうしん》が出ました」

「帯状に丘疹……」

「皮膚《ひふ》にブツブツが出て、鈍い痛みがつづいていたようでした。人によっては刺すような、あるいは焼けつくような痛みを伴《ともな》うことも」

「二重に病気を発症したわけですか」

「疲れが原因だと思われます。帯状疱疹は、疲れから、潜伏していたウイルスが騒ぎはじめるケースが多いようです」

「どこかで、苦しんでいるんじゃないでしょうか」

「歩いていて、ふらついたりすることがあると思いますし、痛みも残っているのではないかと思います」

糸島は、自身の病気の快復が長引くと判断したのではないか。それとも悪化する可能性もあると思ったか。それで、かねてからやらねばと考えていたことに手を付けた、と茶屋は師長とベッドをはさんで想像した。

師長は茶屋と深美を、談話室へ招いた。そこにはテーブルがいくつもあるが、だれもいなかった。

「患者さんのことを、お身内でない方にはお話しできないことになっているんですけど、今回は特別ですので」

師長はそういってから三十歳見当の看護師を呼んだ。呼ばれてきた看護師は上背《うわぜい》があった。胸に［舟山《ふなやま》］の名札を付けていた。耳朶《みみたぶ》のピアスは水色だ。

「彼女、糸島さんの特徴に気付いていたんです」

師長が舟山をちらっと見ていった。

舟山は糸島を担当した日、何度か会話したという。

「糸島さんには少し訛《なまり》がありました。初めは関西の人かなと思いましたけど、よく聞いていると福岡のほうの訛がまざることがありました」

舟山は左手の人差指を頰にあてて話した。

「あなたは、福岡の出身ですか」

「父が福岡県古賀《こが》市の出身なんです。いまも訛が残っています。糸島さんには父と同じ訛があることに気付いていました」

「それを糸島さんにいったことがありますか」

「ありません」

訛というのは出身地の名残《なご》りだ。短期間住んだところで身に付く言葉ではないだろう。

茶屋は、舟山のいったことを憶えておこうと思った。


病院を出ると深美は茶屋に礼をいった。

「師長さんも、看護師の舟山さんも、わたしには話してくれなかったことを、茶屋先生には話しました。糸島さんの行方をさがすことに真剣なんだということが、病院の人たちに伝わったんです」

茶屋は深美に、糸島の写真を持っていないか訊いた。

「糸島さんを写したことは」

茶屋はシャッターを押す手つきをした。

「あります」

浅草の居酒屋で撮ったといって、スマホの写真を見せた。糸島の顔は四角張《しかくば》っている。

眉が濃くて鼻が高い。顔は浅黒い、と深美はいった。

「あなたと食事にいったレストランなんかで写真を見せたら、あるいはなにかを思い出してくれるかもしれない。それと、病院を抜け出してから、なじみの店で食事していることも考えられる」

二人は亀戸駅に近づいた。深美は、糸島が住んでいた部屋を見てもらえないかと茶屋にいった。

深美は、糸島の住所であるマンションの部屋を入念に見たといったが、茶屋は彼女が気付かないなにかを発見するかもしれないと思ったらしい。

乗りかかった船だ。途中で足をとめたり引き返すわけにはいかなかった。


糸島の家の最寄《もよ》り駅である小村井は、亀戸から二つ目だった。

茶屋はけさまで、ハルマキが仲よしだという大谷深美を事務所へ連れてくることなど、思ってもみなかった。初対面の深美の相談も意外であった。相談を聞いただけでなく、行方不明の男の関係先を訪ねることになるなど、夢にも思わないことだった。

そもそも、深美はハルマキとどこで知り合ったのか。

「三年ぐらい前でした。わたしがときどきいく東向島の居酒屋で隣り合わせになったのが、きっかけでした」

ハルマキが酒好きで、一軒の店のメニューにあるものをすべて平らげるほどの大食漢《たいしょくかん》だというのを、茶屋は充分知っている。それゆえ被害を被《こうむ》ったことは一再《いっさい》でない。

ハルマキの自宅は千住《せんじゅ》だ。墨田区東向島とはかなりはなれているのではないかと思ったが、

「その居酒屋は交通の便がいいので、ちょくちょくきていたということでした」

「というと、あなたも、酒を飲む」

「はい、好きなんです。家で飲んでいても、とまらなくなる日があります」

意外だった。茶屋は深美から一歩はなれると、彼女の全身を見まわした。

5

糸島末彦の住所というマンションは、小村井駅から歩いて十二、三分だった。深美から聞いてはいたが、その五階建てマンションは想像以上に古く見えた。一階のメールボックスの下には、子どもの忘れ物らしい縄とびの縄と汚れたテニスボールが、捨てられたように置かれていた。

茶屋は、三〇三号のボックスをのぞいた。生命保険会社と美容院のチラシが入っていた。それは何日も前から同じだが、深美はそのままにしていたという。

深美は糸島の部屋の鍵を出してから、ドアをノックした。糸島が帰ってきているのを期待したようでもある。

応答がないのを確かめると、ドアに鍵を差し込んだ。彼女は毎回同じことをしていたにちがいない。

せまいたたきにはつっかけが一足そろえてあった。板の間には女性物のようなスリッパがあった。いずれも糸島の物だという。

深美は、なんの柄もないカーテンを開け、部屋に光を入れた。テレビも小型の冷蔵庫も古かった。糸島は二年前から東京に住んでいるそうだ。調度の古さからみて、ここへ入ったとき中古品を買ったのか。それとも以前から使っていた物なのか。部屋のなかは簡素というよりも殺風景である。

「糸島さんはいま、毎日、ご飯を食べているんでしょうか」

深美は、流し台に目をそそいでいった。その後ろ姿は、彼女が置いてきぼりを食ったようである。

彼女に押し入れを開けてもらった。厚い布団が二枚重ねてあり、その上に洗ったシーツがのっていた。段ボール箱を引っ張り出した。箱の下のほうにはセーターと厚手のシャツ。その上には洗った下着がたたまれていた。下着は深美が洗ったのだといった。

壁には芥子《からし》色のジャンパーが掛けてあった。それは新しく見えた。着て歩いたら目立つ色ではないか。茶屋はポケットに手を入れてみた。ポケットティッシュが入っていた。銀行名が印刷されている。内ポケットをさぐると固い物が指先にあたった。透明の薄いケースに写真が入っていた。若い女性が微笑《ほほえ》んでいた。深美に写真を見せた。

「だれでしょう」

彼女は写真を手に取ると首をかしげた。これまでの彼女は、ジャンパーのポケットをさぐってみることまでは気がまわらなかったようだ。

写真の女性は二十代前半に見える。紺色と思われる制服のような上着に白いシャツだ。髪は染めていないのか黒い。目も口も大きくはっきりしたつくりの顔だ。眉《まゆ》を吊り上がり気味に描いている。顎《あご》の中央にアクセサリーのようなホクロがある。首には細いチェーンのネックレスが下がっている。写っているのは上半身だけだが、体格がよさそうだと茶屋は見当をつけた。

「どういう人かしら」

深美は写真を見直した。

糸島は若い女性の写真をポケットにしまって持ち歩いていた。傷《いた》まないようにとケースに入れていたようだ。

茶屋は、急に思いついたことを深美に訊いた。糸島の体格である。

「身長は一七〇センチぐらい。もう少し高いかもしれません。体重を訊いたことがありましたけど、六〇キロ程度といっていました。入院したとき、少し痩《や》せたようでしたが」

女性の写真をジャンパーにもどしかけたが、

「糸島さんの行方のヒントになるかもしれない」

茶屋はそういうと、女性の写真を床に置いて、それをスマホで接写した。

糸島はだれかに追われていたのかもしれなかった。病院でだれかを見掛けたのではないか。それは糸島を追いかけている人か、あるいはその関係者。見つかったら百年目で、どういうことになるのか分かっている。それでじっとしてはいられなくなった。

もうひとつ考えられるのは、深美から逃げること。彼女に家の鍵まであずけて世話をしてもらっていたが、何日かするうちそれが逆に重荷になった。糸島という男は、彼女の手厚い世話が鼻に付いて負担になり、身の回りの世話を受けたくなくなったということも考えられる。彼は密着されるのを嫌う体質なのかもしれない。

二人で亀戸までもどった。勤めている人たちがそろそろ帰る時間になり、駅はにぎわっていた。

「先生。お夕飯をご一緒させていただいてよろしいでしょうか」

深美は茶屋の袖を引くようないいかたをした。

茶屋は彼女を観察する気になったのでうなずいた。

「亀戸で食事をしたことは、ないような気がする」

茶屋は、ネオンが点《つ》きはじめた街を見まわした。

深美は、駅の南側のほうにいい店があるといって、先に立った。彼女のいういい店とはどんなものを出す店か、茶屋は興味を持った。

人通りのある道を五、六分歩いた。深美は四角い行灯《あんどん》の出ている店の前で茶屋を振り向いた。ここでよいか、といっていた。

黒っぽい法被《はっぴ》に白い前掛けの女性が、奥の小上《こあ》がりへ案内した。黒い格子戸《こうしど》に囲まれたような席がいくつもあって、すでに甲高《かんだか》い声で話し合っている客もいた。

テーブルをはさんで向かい合うと、まずはなにを飲むかを茶屋が訊いた。

「さっきから喉《のど》が渇《かわ》いていましたので、生ビールを」

彼女はこういう店に慣れているようだ。

茶屋も生ビールをオーダーした。ビールはすぐに運ばれてきた。

「乾杯」

といってジョッキに口をつけた深美は、なんだかうれしそうだ。なんのために茶屋と一緒に行動していたかを、忘れてしまったようである。

もしかしたら深美は、酒好きで大食いのサヨコとハルマキに肩を並べられるぐらいの酒豪なのではないか、と、最初の一口の飲みっぷりを観察した。

彼女はジョッキを口にかたむけながら一息ついた。まるで呼吸をととのえるようにして、ジョッキの半分を飲んだ。味わっているのではない。喉がカラカラに渇いていたといっているようだった。ジョッキを口からはなすと、「あはぁ」と息を吐いた。

「なにか食べる物を」

茶屋はメニューを彼女に向けた。

彼女はこっくりとしただけで、ジョッキを持ち直すと、ふたたび口にかたむけた。「食べにきたのではない。飲みにきたんだ」といっているようだ。

飲み干《ほ》してしまうと、また「あはぁ」といって、メニューに目を落とした。

彼女がどんな物をオーダーするかに茶屋は興味があった。

イカときゅうりの酢《す》のもの、焼き蛤《はまぐり》、キノコと野菜の炒《いた》めものに指を差してから、生ビールを追加した。茶屋は、穴子《あなご》の白焼《しらや》きを頼んだ。

深美は二杯目のビールも、あっという間に飲み干した。飲むことだけに集中し、話をしないし、突き出しの小鉢にも手をつけなかった。

料理が一品ずつ運ばれてきた。そのたびに彼女は日本酒の冷やを一杯ずつ頼んだ。茶屋もビールを飲み干すと日本酒にした。その間に深美は日本酒を三杯飲んでいた。酒が好きだとは聞いていたが、そのピッチの速さは彼の想像をはるかに超えていた。だが、顔色も目つきも変わっていない。喋《しゃべ》りかたも素面《しらふ》のときと同じである。

サヨコとハルマキは、酔うほどによく喋り、声が高くなる。腹がふくれれば歌をうたいたくなる。そういう二人に比べれば深美はおとなしい。一合《ごう》の酒を二口か三口で飲み干し、「おいしい」といって箸を使っている。

茶屋の電話が鳴った。相手は牧村だった。

「いま、どちらですか」

茶屋は、亀戸の料理屋だと答えた。

「さっき、先生の事務所へ電話しましたら、ちょいと気の強いほうのおねえさんが出て、きょうの先生は若い彼女とデートだといいました。ほんとかと訊いたら、ほんとだと。……それではきょうじゅうに、次の取材地を決めてくださいとわたしがいったことなど忘れて……なにか食ってるようですね。いまも若い女性と一緒なんですね」

「ああ、一緒だよ」

「その子、可愛《かわい》いですか」

「それはもう」

「なんと、ぬけぬけと」

「用事は、なに」

「先生が考えるという次の取材地の返事を待ってはいられないので、こっちで決めました」

「ほう」

「他人《ひと》ごとみたいな返事をしないで。……北海道の十勝《とかち》川です。十勝岳付近を源流にして、長さは一五六キロ。北海道第二の流域面積をもつ川です」

「その川の上流域は原生林、下流域は十勝平野の農業地帯だ。きわめて人口が少ないし、変化にとぼしい」

「金沢《かなざわ》や広島《ひろしま》とは一変していて、いいじゃありませんか。秋から冬への十勝川」

茶屋は、北海道ならば札幌《さっぽろ》市内を流れる豊平《とよひら》川を推《お》したかったが、十勝川取材を了解したと答えた。

今夜の牧村は、歌舞伎町へこないかと誘わなかった。

茶屋が電話を切ると深美は、

「先生はお忙しいのに、すみませんでした」

と、背筋を伸ばして頭を下げた。

茶屋は、糸島のジャンパーに入っていた写真を思い出し、スマホに撮った写真を見直したが、ふと思いたって彼女に糸島の写真を見せてもらった。

二人の写真をじっと見比べた。二人は目のあたりが似ているように思われた。それをいうと、深美も二人の写真を見比べた。

「似ているかもしれませんね」

彼女は写真を見比べながらいった。

糸島は六十五歳。女性は二十代前半だろう。二人が父娘《おやこ》だということも考えられる。父親が娘の写真を大切に持っていても不思議なことではないだろうが、ケースに収めていた点が気にはなった。

茶屋は酒を飲むとあまり食べない質《たち》だが、深美は、〆のお茶漬けまできれいに食べた。

彼女とは亀戸駅前で別れた。彼女の家は歩いて十分ほどだという。後ろ姿を見送ったが、少しもふらつかず影を曳《ひ》き連れて去っていった。

二章　紅《あか》い川

1

翌朝、茶屋が目黒《めぐろ》区祐天寺《ゆうてんじ》の自宅にいるうちに大谷深美が電話をよこした。

「きのうは、お忙しいのにありがとうございました」

そういって彼女は、昨夜、茶屋と別れてから自宅近くに住む友だちを訪ねて、糸島と、彼がジャンパーに入れていた女性の写真を見せた。するとその友だちも、写真の二人はどことなく似ているといったという。深美の頭からは糸島の行方《ゆくえ》のことが去らなかったのだろう。

「これから出勤ですか」

「はい。ただいま会社の前です」

彼女の声は明るかった。仕事に入れば、糸島のことを考えてはいられないだろう。

茶屋は深美に同情しているわけではない。病気が治っていない患者が、世話をしていた女性に一言も告げず、病院を抜け出したことに興味を覚えたのである。行方不明になった糸島という男には、人には話すことのできない秘密があるにちがいない。その秘密を隠すか消すために、夜の病院を出ていったような気がする。

茶屋は事務所に着くと、藤本弁護士事務所へ電話して、糸島末彦が京都市に住む前の住所を知りたいといった。糸島が入院していた病院の舟山という看護師は、糸島は福岡地方の生まれかそこに長く住んでいたのではないかといった。彼女の父親は福岡県生まれで、いまもって出生地の訛《なまり》が抜けきっていないという。糸島の言葉には父親と同じ訛がまじることがあるといった。

そういえば福岡市の西隣は糸島半島が玄界灘《げんかいなだ》に突き出ている糸島市《いとしま》である。糸島の苗《みよう》字《じ》は地名に由来するのではないか。

きょうの茶屋は、旅行情報雑誌「旅の空」から依頼されている食べ物のエッセイを書くことにした。編集者から、「京都の店と、京都の料理の話はお書きにならないで」と釘《くぎ》を刺された。ほかの執筆者が「京都」を書くと決まっているからだろう。

北海道渡島《おしま》の旅を思い出した。渡島沼尻《ぬまじり》で列車を降りて、海岸線を歩いている間に腹が減った。ところが食べ物を売っている店など皆無《かいむ》。釣り糸をたらしている男を見つけて、食堂はないかと尋《たず》ねた。男は首を横に振ると、一斗缶《いっとかん》に燃えている火で、ヤリイカとヒメダラを焙《あぶ》ってくれた——と何年経《た》っても忘れられない魚の味を書いた。

藤本弁護士事務所から回答の電話があった。糸島末彦の京都市に住む前の住所は山口県岩国《いわくに》市今津町《いまづまち》だと分かった。

藤本事務所は気を利《き》かせて、糸島が岩国市に住む前の住所も公簿で追ってくれた。そこは福岡市中央区《ちゅうおうく》清川《きよかわ》。舟山看護師がいった言葉が思い出された。糸島の出生地は福岡市だった。六年前に福岡市から山口県岩国市へ移り、京都市を経《へ》て東京へやってきた人だということが判明した。なぜ転々としたのか。それには理由があったにちがいない。

茶屋は、旅の情報誌へのエッセイを書き上げると牧村編集長に電話した。午後二時になるところだったが、牧村は、「おはようございます」といった。

「十勝川は次回ということにして、錦川《にしきがわ》にする」

「いきなりなんですか。ひょっとしたら、ゆうべの安酒が残ってるんじゃ」

「錦川には、日本三奇橋の錦帯橋《きんたいきょう》が架《か》かっているじゃないか。それを見逃すわけにはいかないよ」

「それぐらいは知ってますけど、またどうして錦川へいきたくなったんですか」

「ある人の事情というか秘密がそこに隠されているような気がする。その秘密は、さぐる価値がありそうなんだ」

「錦川って、どこから流れ出している川なんですか」

「山口、島根県境の莇《あざみ》ヶ《が》岳《たけ》あたりが源流らしい」

「あまり人に知られていない山のようですが、先生はそこへいってみるんですね」

「私は、川の源流をさぐりにいくわけじゃない。ある人が隠さなくちゃならない、深い深い秘密を、さぐってみたいんだ。その陰には、あるいは犯罪も……」

「相変わらずヘンな性分《しょうぶん》ですね、茶屋先生は」

茶屋は、「そうだ、そのとおりだ」といって電話を切った。


山口県岩国市あたりの地図を見ていたが、それを伏せると、福岡県の地図に目を移した。

福岡県は九州の北部を占めていて、北西は玄界灘、南西の一部は有明海《ありあけかい》に、北東は周防《すおう》灘にのぞんでいる。そして西は佐賀県に、東は大分県、南は熊本県に接している。なかでも福岡市は、九州の玄関口的役目を担《にな》って発展しつつあったことから、中央の出先機関が集中して、いまや大都会の様相を呈《てい》している。

茶屋は福岡市の中心図を開いた。公簿上、糸島末彦が住んでいたことになっている中央区清川は、那珂川《なかがわ》沿いだった。

博多《はかた》湾には御笠川《みかさがわ》、那珂川、樋井川《ひいかわ》、室見川《むろみがわ》などが流れ込んでいる。そのうちの那珂川には博多川という枝川があり、本流をいったんはなれてまた合流する。本流とのあいだには中洲《なかす》ができた。中洲へはいくつもの橋が架かり、いまや別世界のような不夜城《ふやじょう》が生まれた。

地図で見る清川は那珂川左岸で、繁華街の中洲からは南にあたる一角だった。

「地図を見たら、気が変わった」

茶屋はつぶやいた。

「なにが、どう変わったんです」

パソコンの画面をにらんでいたサヨコが顔を振り向けた。

「あした、博多へいく」

「博多へ。……牧村さんから十勝川をっていわれていたのに、先生は錦川にするって。なのに岩国を飛び越えて、博多へとは」

「糸島という人は、約六年前に、長く住んでいたと思われる博多から岩国に移った。岩国には一年ほどいただけで京都へ移っている。東へ東へと移動しているのは、博多でなにかが起こったか、起こしたことが考えられるじゃないか。そうは思わないか」

「思いません」

サヨコは椅子《いす》を立って、茶屋の前へやってきた。

「そう思わないおまえは、勘《かん》が鈍《にぶ》いからだ」

「まあ、ずいぶんはっきりとおっしゃいますのね。そうたびたび、あっちの川、こっちの川って変更されたら、週刊誌に予告を打つこともできないじゃありませんか」

サヨコは、牧村に代わって「女性サンデー」の宣伝係になったようなことをいった。

「次の名川《めいせん》シリーズの連載開始までには、まだ間がある。私が、いってみたいところか、書きたいところを取材するのが、名川シリーズじゃないか。十勝川はあと、錦川も変更。次回は、博多の那珂川だ」

「じゃそれを、先生から直接牧村さんにいってください。わたしは嫌ですので」

茶屋は急にカフェのコーヒーを飲みたくなった。茶屋事務所があるビルの一階は、イタリアンレストランだったが、最近、閉店した。移転したのかもしれない。それを待っていたかのように「ロ・ジャック」というカフェが入った。その店を茶屋はまだ利用したことがなかった。

サヨコは二、三日前にその店へいっている。ハルマキが、「どうだった」と訊いたら、「あんたの淹《い》れるコーヒーよりはマシだった」といって、ハルマキをくさらせた。

新しいカフェには、明るい席と照明を落としている席があった。茶屋は明るい席にすわって、サイフォンで淹れたコーヒーを一口飲むと、大谷深美に、「仕事が終わったら電話をください」とメールを送っておいた。

サヨコがいったとおり、ハルマキが淹れるコーヒーとはちがって、コクがあった。豆にちがいがあるのか、淹れかたか、いつかだれかに訊いてみたいと思った。

「先生は、じつは、繁華街が好きなんでしょ」

事務所にもどると、サヨコがいきなりいった。

「どういう意味だ」

「博多の中洲というのは、日本三大歓楽街のひとつだそうじゃないですか」

「知らなかった。あとのふたつはどこ」

「しらばくれて、なにさ。第一は東京・新宿《しんじゅく》の歌舞伎町、第二は札幌のすすきの。ぜんぶいってるでしょ。何回も」

憎にくしげないいかただ。

茶屋はノートに、糸島が転居する前の住所を控えた。ふたたび博多の中心街の地図を開いたところへ、深美が電話をよこした。午後五時四十分だった。

茶屋は、あした福岡市の糸島が住んでいたとされるところへいくことにしたと話した。

「わたしもいきましょうか」

「あなたは会社があるでしょ」

「そうですけど、何日かはまだ有休が残っているんです」

「東京に残って、糸島さんの家と、病院へいってみなくては」

福岡市生まれの糸島は、それで言葉に訛が残っているのではないか、と茶屋はいった。

深美はか細い声になって、福岡で分かったことがあったら教えてくださいといった。

「糸島さんはあなたに、福岡に住んでいたことがあるとか、有名な祭りのことなんかを話したことはなかったですか」

「聞いていません。福岡には有名なお祭りがあるんですか」

「博多祇園山笠《ぎおんやまかさ》といって、鎌倉《かまくら》時代にはじまった絢爛《けんらん》豪華な飾《かざ》りを付けた山笠が、街中を練《ね》り歩くんです。そのほか博多どんたく港まつりというのもあるんです」

「わたし、なんにも知らない」

彼女は消え入りそうな声で独《ひと》りごちたが、

「茶屋先生は、わたしのことでわざわざ福岡までいってくださるんですね」

と、さぐるようないいかたをした。

茶屋は、川沿いを取材するという自分の仕事があるのだといった。

「福岡には、有名な川があるんですか」

那珂川といって、市内の繁華街を貫《つらぬ》いている大川があるのだと、頰《ほお》をゆるませて話した。

2

九月二十一日、晴れた空におぼろ雲が散っていた。羽田《はねだ》を午前十時十五分に発《た》つ飛行機に乗った。六百人ぐらいが乗れる大型機だ。自分の座席を見つけてからまわりを見まわした。ビジネスマン風の客が多そうだ。

茶屋は朝刊を読んでから眠った。飛行機はひと揺《ゆ》れして福岡空港に着いた。ほぼ定刻の到着だった。

地下鉄で博多駅へ。ガラス越しに見るはかた駅前通りのようすは、ここを訪れるたびに変わっているように見える。ビルまたビルの街だが、目の前のいくつかのビルが新しくなっているようだ。

清川というところへは地下鉄七隈《ななくま》線の渡辺通《わたなべどおり》駅が近そうだった。

電車を降りてから那珂川に向かって歩いた。四、五〇〇メートルで柳橋《やなぎばし》に着いた。橋の中央部から下流を向いた。橋がいくつも見えた。那珂川はゆるくねっていた。茶屋が眺めている方向に中洲があるようだ。

公簿上、糸島末彦が住んでいたことになっているところをさがしあてるのに三十分ほどかかった。「この辺りだ」と見当がついたところで腹の虫が鳴き出した。まわりを見渡すとラーメンの看板がいくつも目についた。博多なのにサッポロラーメンという店もある。

「ラーメン日本一」という看板の店へ入った。

出てきたラーメンにはあぶらがギトギトに浮いていた。太めの黄色いそばにはほどよいコシがあった。それを一気にすすり、スープを飲んだ。白い帽子をかぶったおやじは、茶屋の食べっぷりを横目で見ていた。

そのおやじに住所を訊いた。おやじは醬油《しょうゆ》をかぶったような色の地図をにらんでいたが、「そこの角を左。四軒目の先を左に曲がった角」と教えてくれた。

茶屋は、「うまかった」といって店を出ると、教えられたとおりの道順で歩いた。道路の角に構えの大きい二階建ての家が二軒並んでいた。その一軒がかつての糸島末彦の家のようだった。その玄関のドアは固く閉まっていて、呼び鈴を押したが応答する人はいなかった。そこで同じような造りの隣家を呼んだが、その家も留守《るす》らしかった。

道路の反対側が［清川《きよかわ》不動産］という名の不動産屋で、店内は明るかった。ガラス戸を開けて声を掛けると、メガネを掛け、髪をきれいにととのえた六十代見当の男が出てきた。店主のようだ。

以前、向かいの家に糸島末彦という人が住んでいたと思うが、と訊くと、二軒とも糸島という家だったが、左側の家は引っ越して、いまはべつの人が住んでいるといった。

「右側の家も糸島さんですか」

茶屋が訊いた。

「糸島芳和《よしかず》さんといって、引っ越した末彦さんのお兄さんです。芳和さんは奥さんと一緒に出掛けています。病院へいったんじゃないでしょうか」

店主によれば芳和は、たしか七十二歳。心臓を病んでいて、何度か救急車で運ばれたことがあったという。

向かいの家の人の年齢まで知っているのだから、内情にも通じていそうだと茶屋はみたので、名刺を渡した。

店主も名刺を出した。古賀《こが》威十郎《いじゅうろう》という堂々とした氏名だ。その名をほめると、

「茶屋次郎さんも、すっきりしていて憶《おぼ》えやすい。ご本名ですか」

古賀は茶屋の名刺に目を落としてから訊いた。

「よくいわれますが、本名です」

「ご出身は、どちらですか」

古賀は、苗字に関心があるのか。

「私は東京生まれですが、何代か前は京都にいたと聞いています」

「歴史上の人物のなかに登場するお名前ですね」

古賀はにこりとして、椅子をすすめると、糸島のことでなにか知りたいのかと訊いた。

茶屋は腰掛けて、ノートを取り出した。

「糸島末彦さんの行方が分からなくなっているんです。入院中でしたが、病院からいなくなりました」

「病院は、どちらですか」

「東京都江東区の病院です」

「どこを病んでいたんですか」

「軽い脳梗塞《のうこうそく》と帯状疱疹《たいじょうほうしん》でした」

「二つの病気をいっぺんに」

古賀は、気の毒にというふうに顔をしかめ、病院からいなくなったとは、どういうことかと首を前に出した。

「入院してまだ治療を受けなくてはならないのに、十二日目に病院を出ていってしまったんです」

「末彦さんは六十代のはずです。世を果無《はかな》むにはまだ……」

あるいは自殺をと、古賀は考えたのではないか。

「古賀さんは、末彦さんをよくご存じでしたか」

「よくというほどではありませんが、そこに住んでいたころは、たまに立ち話もしました」

「末彦さんは、会社勤めだったんですか」

「警察官でした。博多臨港《りんこう》署や西《にし》署の地域課や交通企画課に勤めていたのを知っています」

「末彦さんはいま六十五歳ですが、警察は定年退職したんでしょうか」

「それが……」

古賀は思いついたというふうに、奥へ声を掛けた。妻らしい人が出てくると、ちょこんと頭を下げた。彼女にお茶をいれるようにと古賀はいいつけた。

「末彦さんは、定年の一年ぐらい前に辞めたんです。芳和さんと話し合いはしたでしょうが、辞めるとすぐ、家を売りに出しました。見にきた人は何人もいましたが、二、三か月後、川向こうの住吉《すみよし》の不動産会社が買い取りました。建物はしっかりしているので、買い手がついて、現在は四人家族が住んでいます」

茶屋はからだをひねって道路の向かいの二軒を眺めた。付近の家と比べるとその二軒は二倍ぐらいの大きさがある。

「糸島さんの先代は、市役所に勤めていましたが、遺産があったとかで、所有地に大きな家を二軒建てました。二軒のあいだに自転車が通れるくらいの路地を造りました。そして二階を人に貸していたんです」

「アパートですね」

「ところが、そのアパートが問題です」

妻らしい人がいい香りの立つお茶を運んできた。一言もいわずに去っていった。

問題とはと、茶屋は耳をかたむけた。

両方の家の二階に一斉に女性が入居した。住まいにしているのだが、そこで客を取っていた。

「四十年も五十年も前のことです。毎晩、男が代わるがわるやってきて、一時間か二時間すると出ていく。それに気付いた近所の人が警察や保健所に通報したんでしょう。職員らしい人たちがきていたのを見たことがありました。それでも女性たちの商売は、しばらくつづいていたようでした。川沿いでタバコを吸っていたり、川を眺めていたりする女の人を、中学や高校のころの私は、橋の近くからじっと見ていたものです。女性たちのことを、汚いとか、うす汚れているとか、大人はいっていましたが、私にはきれいな女の人たちに見えました」

そのうちに取り締まりが厳しくなったのか、アパートから女性たちの姿は消えていったという。

先代亡き後糸島家は改築された。近所で評判が悪かったからだ。芳和が結婚し、改築された一軒に住むことになった。何年か後、末彦も結婚して芳和の隣の棟を住まいにした。

「芳和さんは、どこにお勤めでしたか」

「玄海《げんかい》ドックという会社の社員でした。大学を出てずっとその会社に勤めて、やがて役員になりました。芳和さんを知っている人たちは、いずれは社長になると噂《うわさ》していましたが、持病の悪化で何度か倒れたため、平の取締役で勤めを終えたようでした」

茶屋は、末彦に話を移した。

「末彦さんは、いつもむっつりしていて、私は好きになれませんでした。家の前で立ち話ぐらいはしましたが、もともと口数は少なくて、よけいなことをいわない人でしたね。子どもは娘さんが一人だけでした。末彦さんにとっては遅い子で、彼がたしか四十歳ぐらいのときに生まれたんです。その娘さんは大学生のころ、急に姿を見なくなりました。末彦さん夫婦が引っ越したのはその直後だったと思います。長年、ご近所付き合いしていた仲ですので、引っ越すときは、まわりの何軒かに挨拶《あいさつ》するものですが、末彦さんは私たちが知らないうちにいなくなったんです。芳和さんに訊いたら、『気分転換のために転居した。県内にいる』といっただけでした」

古賀はそういってから、腕を組んで考え顔をした。

「いや、そうじゃなかった。娘さんの姿を見なくなった直後に、末彦さんは警察を辞めたんです。懇意《こんい》にしていた警察官から聞いたのですが、末彦さんは定年の一年ほど前に退職したということでした。定年まで勤めていれば御祝儀に一階級上がるし、まとまった金額の退職金も受け取れたはずです」

「末彦さんの階級をご存じでしたか」

「たしか巡査部長でした」

定年を待たずに辞めたのだとしたら末彦は五十九歳。その前に娘の姿を見掛けなくなった。それと末彦の退職は関係があるのではないか。

「娘さんは何歳でしたか」

「二十歳《はたち》ぐらいだったかな」

古賀はそういったが自信がないらしく、奥へ声を掛けた。

妻が手を拭《ふ》きながら出てきた。

「糸島末彦さんの娘さんの姿を見掛けなくなったのは、あの娘がいくつのときだったか憶えているか」

古賀は妻の顔をちらっと見て訊いた。

妻は板の間に正座すると、顔を上に向けてまばたきした。

「たしか大学一年のときだったような気がします。里帆《りほ》さんは映像関係の勉強をしているとかで、昼間は専門学校のようなところへ通い、夜は大学へ通っていたと思います。なので十九歳ぐらいだったのでは。……里帆さんがどうかしたのですか」

茶屋は、糸島末彦の一人娘・里帆の名をメモした。

「十九歳のころ、里帆さんは急に姿を見掛けなくなったということでしたが、その後、彼女にお会いになるか、お見掛けになっていますか」

「わたしは一度も会っていませんが、近所の人が、であい橋の上ですれちがったといっていました」

「であい橋……」

「西中洲と中洲をつなぐ、那珂川に架かっている橋です」

「近所の方が里帆さんとすれちがったのは、いつごろでしょうか」

妻は天井に顔を向けていたが、今から三年ほど前だったと思うといった。

茶屋は福岡市中心部の地図を鞄《かばん》から取り出した。福博《ふくはく》であい橋があった。その橋は那珂川に薬院新川《やくいんしんかわ》が合流する三角地帯と中洲を結んでいた。

3

古賀夫婦と話しているうち、道路向こうの糸島芳和が外出から帰ってきたことが分かった。二十分ばかり間をおいてから茶屋は芳和を訪ねた。古賀がいったとおり、芳和は妻に付き添《そ》われて病院へいってきたことが分かった。

茶屋が名刺を渡すと、メガネを掛け直した芳和は、なにかで見たことがあるような気がする名前だといい、茶屋の顔と名刺を見比べるような目つきをした。

「週刊誌や旅行雑誌に、少しばかり記事を書いている者です」

「思い出した。孫が買ってきて読んでいる週刊誌で見たんです。茶屋さんのことはたしか、旅行作家と紹介されていましたが」

「そのとおりです。しょっちゅうあちこちを飛びまわっております」

「そういう方が、私になにか……」

茶屋は姿勢を正すと、糸島末彦さんの行方をさがしているのだと話した。

「末彦の……。末彦は東京に住んでいますが……」

芳和は白髪《しらが》頭を前に出し、茶屋の目をのぞくような表情をした。

「末彦さんは、墨田区文花というところにお住まいでしたが、病気をなさって」

「病気を……」

芳和は末彦の入院を知らなかったようだ。

「末彦さんとは、連絡を取り合ってはいらっしゃらなかったんですね」

「特別なことがないかぎり。末彦はどんな病気を」

心なしか芳和の顔が蒼《あお》くなった。

茶屋は、深美と病院で聞いた末彦の病状を話した。

「知らなかった。独り暮らしだったので、病気になったときのことを、気にかけてはいました。何日か入院したんですか」

「九月三日に入院なさいましたが、まだ治療をつづけなくてはならないのに、九月十四日の夜、病院からいなくなったんです」

「いなくなった……」

　抜け出したのだと茶屋がいうと、芳和は白い頭に手をのせて、首をかしげた。

「末彦のそういうことを、茶屋さんはどうしてご存じなんですか」

　当然の疑問だ。茶屋は、従業員のハルマキが連れてきた大谷深美について説明した。末彦とは親しい間柄で、末彦の入院中、深美は毎日病院へいって世話をしていたことを話した。

「若い人が」

　芳和はどう思ったのか、つぶやいた。

　芳和は、あらためて茶屋の風采《ふうさい》を確かめるような目をしてから、応接間へ通した。そこには黒いピアノが据《す》えられていた。たびたび人を招くことがあるのか、応接セットのほかに楕円形《だえんけい》のテーブルがあり、それをいくつかの椅子が囲んでいた。

　芳和は茶屋に革《かわ》張りのソファをすすめた。

　色の白い丸顔の妻が紅茶を出した。

「末彦がいなくなった」

　芳和は低声《こごえ》で妻にいった。

「えっ」

妻は丸盆を抱えた。芳和は妻に、一緒に茶屋の話を聞けといって腰掛けさせた。

芳和は灰色のケータイをポケットから取り出すと、ボタンを押した。末彦の番号に掛けたのだった。

「電源が入っていない」

芳和は怒ったような顔をした。指を折った。末彦が病院を抜け出してからの日数をかぞえたようだ。

「病院の治療費を踏み倒すような男じゃない。いずれもどってきて、支払うつもりだろう」

芳和は紅茶を一口飲むと、末彦の身になにが起こったのかというふうに首をかしげた。

「末彦さんは大谷深美さんに、友人の会社の手伝いをしているといっていましたが、会社から見舞いにきた人はいなかったようです」

「私も、末彦が東京でどこに勤めているのか、なにか商売をしているのかも知りません」

「最後にお会いになったのは、いつでしたか」

「末彦がここを出ていくときですから、五年か六年前です」

兄弟は、以来一度も会っていないのか。

芳和が身内のことをどこまで話すか分からないが、茶屋は末彦の経歴にさぐりを入れてみることにした。

「末彦さんは、警察官だったそうですね」

それをどこで聞いたのかというふうに、芳和は曖昧《あいまい》なうなずきかたをした。

「定年の前年に退職なさって、それから東京へいかれたんですか」

茶屋は末彦の転居を公簿で調べたことは隠した。

「京都へいきましたが、その後東京へ移ったということでした」

末彦は岩国市を経由しているが、それを芳和はいわなかった。

「末彦さんは、ご家族と一緒に、こちらをはなれたのですか」

「娘が先に東京へいっていました」

「東京では独り暮らしでしたが、奥さんは」

「京都にいるあいだに、病気で亡くなりました」

「では、お葬式は京都で」

芳和は目を瞑《つむ》った。返事をしなかった。

京都で葬儀をしたのなら、芳和はそこへ参列したはずだ。いやおかしい。末彦が福岡をはなれてから芳和は一度も会っていないといった。ということは、芳和は末彦の妻の葬儀に参列しなかったのではないか。そうだとすると、兄弟間に確執でもあり、交流を絶っていたということなのか。しかし、茶屋は首をひねった。さきほど芳和は末彦のケータイの番号をプッシュした。やり取りのあった番号だったにちがいない。芳和は、相手が応《こた》えるものとして掛けたのだろう。ところが電源が切られていた。末彦のほうから交信を絶ったということだ。

末彦がケータイの電源を切ったのは病院を抜け出したあとだろう。彼は深美との交信も遮断《しゃだん》していた。

「末彦さんのお嬢さんは、いまどちらにいらっしゃいますか」

この質問に芳和はどう答えるかを期待したが、

「あなたは、なぜ、うちの身内のことを根掘り葉掘り訊くんですか。いま思い出したが、あなたは、あちこちで、人が知られたくないと思っているようなことをほじくり出して、それを週刊誌に載せている。違いますか？　人の災難や不幸を面白がって読む人はいるでしょうが、書かれるほうは辛《つら》い思いをするにちがいない。私も世間にさらしたくないことがあります。末彦のこともそのひとつです。弟には、だれとも音信を絶ったうえでやらなくてはならないことが起こったんだと思います。それは世間に波風を立てるようなことじゃない。きわめて個人的なことのはずです」

これ以上立ち入るなと、戸を閉めるようないいかたをした。

妻が立ち上がった。帰ってくれといっているようだった。

いわれてみれば、茶屋はたしかに末彦の個人の秘密をほじくっているようで、肩身のせまい思いがしないではなかった。

茶屋は頭を下げた。きょうのところは引き下がったほうが賢明だと思った。

糸島家を追われるように出ると、那珂川へ向かって歩いた。ふたたび柳橋の中央から川を見下ろした。水は鉛《なまり》のような色に見えた。地形が平坦だからどちらへ流れているのか見分けがつかなかった。

かつて末彦が住んでいたところで聞き込みをすれば、少なくとも博多をはなれた事情が分かるものと踏んでいたが、じつはその逆で、彼に対する疑問は倍増した。だれとも連絡を取り合わないとは、いったいなにをするつもりなのか。

もしかしたら、と茶屋は橋の上で首をひねった。末彦はなにかの目的を持って病院を抜け出したものと思い込んでいたが、彼は何者かの手によって連れ去られたのではないか。彼を連れ去った何者かが、交信を遮断した。それだとケータイの電源を切ったのが理解されるのである。

寝静まっている病院から、一人の患者をさらっていくことは可能だろうか。

茶屋は事務所に電話した。

「茶屋事務所でございます」

サヨコの声だ。その声はいつもより明るい。茶屋がいないからではないか。

「いま、疑問に思ったことがあった」

茶屋がいった。

「なんでもどうぞ」

サヨコはうきうきしているようだ。

茶屋は、寝静まっている病院から、とたったいま浮かんだ疑問を話した。

「簡単じゃありませんか」

「簡単……」

「白衣を着て病室に入り、『静かにしろ』とでもいって脅《おど》して、着替えさせる。ナースステーションが手薄になるときを狙《ねら》えば、それは難しいことではありませんよ」

「おまえ、やったことがあるのか」

「あるわけないでしょ。わざわざ博多までいって、なにを考えてるんですか」

サヨコとの電話を切ると、すぐに着信が入った。モニターに番号だけが並んだ。

相手は、不動産屋の古賀だった。威厳のある名だったはずだが、それは忘れた。

「茶屋さんはさっき、肩を落として糸島芳和さんの家を出ていきましたね。たぶん満足な話を聞けなかったんじゃないかって思いました」

そのとおりだと茶屋は苦笑した。古賀は店のなかから糸島家の玄関をガラス越しに見ていたのだろう。

「思い出した人がいるんです。その人なら末彦さんが博多を出ていった事情を知っていると思いましたので」

それはありがたい。茶屋はすぐに清川のほうを向いた。

夕方近くなったせいか車の往来が急に激しくなったように感じた。住吉通りは日赤《にっせき》通りに突きあたる。日赤通りは渡辺通りに名を変えて天神《てんじん》のオフィス街を貫《つらぬ》いている。

古賀がまた電話をよこした。茶屋が店に入るところを糸島家の人に見られるかもしれないので、裏口へまわるようにといった。古賀は近所との関係に気を遣《つか》っているようだった。

4

古賀の妻が勝手口の戸を開けて、茶屋を座敷へ通した。

茶屋は、糸島芳和にいわれたことを古賀に話した。

「芳和さんのいうことは分かりますが、末彦さんに、人にいえない問題があって独りで悩んでいるのだとしたら、手を貸すか相談にのってやりたいですね」

古賀はそういうとポケットノートを繰《く》った。

「末彦さんと同じ警察官だった人を思い出しました。末彦さんと同じ警察署に勤めていたこともありました。末彦さんが警察を辞めたあとだったと思いますが、うちへきたその人と末彦さんのことを話していたんです」

尾沼新平《おぬましんぺい》といって、末彦と同い歳だという。彼は定年の六十歳で退職した。退職時は一階級上がって警部だったという。住所は博多区吉塚《よしづか》。四十代のときに買った家に現在も住んでいて、自動車整備会社に再就職し、バイクの整備を担当しているという。

「無類のバイク好きで、一日中バイクに手を触れていたいという人です。今年の四月ごろでしたか、つなぎの作業衣姿でバイクに乗ってきて、ここへ寄りました。そのときは、彼も私も末彦さんのことを忘れていて、話題にしませんでした」

茶屋は尾沼新平の住所と連絡先を控《ひか》えた。

思いついて、スマホに撮った若い女性の写真を古賀夫婦に見せた。写真をまた撮りしたので鮮明とはいえない。

「あら、里帆ちゃんじゃないかしら」

妻がいった。古賀は小さく唸《うな》るような声を出した。里帆だとはいいきれないようだ。

「茶屋さんは、この写真をどこで」

妻が訊いた。

茶屋は正直に、東京の末彦の部屋で見つけたのだと答えた。

「なら、里帆ちゃんですよ。末彦さんは大事に持っていたんですね」

妻はまちがいないといういいかたをした。

古賀宅を辞したあと、茶屋は古賀に教えられた尾沼の自宅へ電話した。妻らしい人が応じて、尾沼は旅行に出ているが、今夜遅くに帰ることになっているといった。

「茶屋次郎と申します。お目にかかりたいので、あしたまたご都合をおうかがいします」

「茶屋次郎さんですか。あの方と同じお名前なんですね」

「あの方とおっしゃいますと」

「本を沢山《たくさん》出していて、新聞や雑誌に、旅の話や食べ物のことなんかを載せているじゃありませんか、茶屋次郎さんは」

「私も、同じような仕事をしています」

「えっ、えっ。茶屋次郎さんという旅行作家の方が、二人いらっしゃるんですか」

「さあ。私は、私だけだと思っていましたが」

「では、あなたは、本ものの……」

「茶屋次郎です。来月はまた『女性サンデー』に名川シリーズを書くことになっています」

「ええっ。その方が、どうして、うちの主人にお会いになりたいんですの」

「清川の古賀さんに紹介されました。尾沼さんのお知り合いの方のことをおうかがいしたいので」

尾沼の妻は、「そうなんですか」といったが、なんのことか分からないといい、あしたまた電話をくださいといった。


茶屋は那珂川に沿って下り、春吉《はるよし》橋で中洲へ渡った。川面《かわも》には紅《あか》い灯《ひ》が五つ六つと落ちていた。橋を渡りきって川を向くと遊覧船が白い波を起こしていた。乗客は二人きりだ。船頭も乗客もきまり悪そうに見えた。

今度は右岸沿いを歩いた。川面を揺らすネオンの数が増えてきた。福博であい橋から下流を眺めた。橋がいくつも見えた。橋の数が多いのは往来がさかんということだろう。

屋台が開店準備をしていたし、すでに客がジョッキをかたむけている屋台もあった。

二筋《ふたすじ》、博多川方向へ入った。日本三大繁華街・中洲のド真ん中に近づいた。そこには何度かいった店がある。うまい魚を出すところだ。

日はとっぷり暮れた。丈《たけ》の長いスカートのおねえさんが早足でいく。自転車に箱を積んだ若い男が声を出して通りすぎた。もつ鍋の赤い看板を見て右に曲がった。紺《こん》色の暖簾《のれん》を下げている。そこが目あての［魚々勘《ととかん》］だ。

茶屋が暖簾を分けたところへ深美が電話をよこした。

「先生は、いま、どちらですか」

深美は迷い子になったように声がか細い。

「博多です。六年前まで糸島さんが住んでいた家を見て、そこを出て中洲というにぎやかなところへ着きました」

「糸島さんのこと、なにか分かりましたか」

「兄の芳和さんに会いましたが、身内のことを話したくないといって、肝心《かんじん》なことは聞けなかった」

「じゃあ、茶屋先生は帰ってくるんですね」

ここまできて手ぶらで帰るわけにはいかない。情報をもらえそうな人がいるので、あした会うことにしている、といった。

彼女はこれから糸島が入っていた病院と、マンションへいってみるという。その声はなんとなく疲れているようだし、寂《さび》しげだ。

警察官だった糸島は定年の一年ほど前に退職した。その理由と博多をはなれた事情を調べる、と茶屋がいうと、

「糸島さんは、警察官だったんですか」

深美は驚いたといっているようだ。糸島は彼女に、出身地のことも、かつての職業も話していなかったのか。彼女もそれを知ろうとしなかった。彼女にとっては、どちらでもいいことだったのだろう。


茶屋は「魚々勘」の暖簾をくぐった。

「いらっしゃい」といった色白の男は、「あっ」と口を開けた。女のように科《しな》をつくって喋る男だ。茶屋を記憶していたのだ。茶屋の職業を知っていたし、著書を何冊も読んでいるようだった。作家にとっては大事なファンである。

「お独りですか」

「そう。那珂川を取材にきたんだ」

カウンターには客が二組いた。二組とも中年男と比較的若い女性。付近の酒場の女性が

ここで食事をして店へ客と同伴するのだろう。二組は間隔をあけてすわり、ビールを飲んでいた。

茶屋はカウンターでもよかったが、色白の男は衝立《ついたて》で囲った席をすすめた。

「イカの刺身を食べたい」

前回きたときに食べた活《い》きたイカの味を思い出し、いきなりいった。日本酒を頼み、ぐい呑みに注いだところへ牧村が電話をよこした。日が暮れると茶屋のことが気になる男なのだ。

「先生は、そろそろ飲み屋へもぐり込みたくなったころでは」

「いや。紅灯《こうとう》を流しはじめた那珂川を見ているところだ」

「とおっしゃると、中洲ですね」

「そう」

「昼間からずっと那珂川を眺めていたわけじゃないでしょ」

「病院から姿を消した男の経歴が分かった」

「普通の会社員じゃなかった」

「警察官だった。しかも定年の約一年前に退職して、博多をはなれている。その理由をあした調べるつもりだ」

「刑事だったんですか、その男は」

「いや、地域課と交通企画課だったらしい」

「なぜ定年の一年前に辞めたか、早く知りたいですね」

「ああ」

「私がそちらへいきましょうか」

牧村がきたところで糸島の退職理由が早く分かるというものではない。

「あんたは暇なんだね」

「なにをおっしゃいます。週刊誌の編集長というのは、自殺したくなるほど忙しいものなんです。毎週毎週、新しい企画を」

茶屋はぐい呑みに口をつけた。色白が、「お待たせ」といって、半透明のイカの刺身を置いた。

「先生」

牧村が呼んだ。「橋の上に立って、那珂川を見ているようなことをいっていましたが、それは真っ赤な嘘《うそ》で、もう何時間も前から、安酒を出す飲み屋にいるのでは」

「いや、川沿いで風に吹かれている。すぐそばに屋台があるので、そこの声が入ったんじゃや」

牧村は急に茶屋とは話していたくなくなったらしく、電話を切った。

皿の上のイカの脚《あし》は動いていた。そうめん状に刻まれた胴体を皿に残して逃げようとしているようである。

色白がやってきて、

「次は」

と、料理のオーダーを催促《さいそく》した。

タイの酢じめに、トリの砂肝《すなぎも》を炒《いた》めてもらうことにした。

横あいから牧村がぬっとあらわれそうな気がした。

トリの砂肝に串を刺したところへ、サヨコから電話があった。

「先生は、病院を抜け出した人の過去と、那珂川の取材を兼ねて博多へいったのに、昼間から酒をあびてるそうじゃないですか」

凍《こお》るような冷たい声だ。唇をゆがめているにちがいない。

サヨコには牧村が電話で、茶屋をコキ下ろしたにちがいない。

「私は、日暮れから夜へと顔色を変える中洲を、取材しているんだよ」

「そういえば、一年ぐらい前、長崎へ取材にいったのに、博多の中洲で飲んでいたことがあったわ。それから何日かあと、『福岡のシャンコ』だか『チャンコ』という女から電話があったわ。喉《のど》に餅《もち》でもつまらせたような声の女だったから、憶えてる」

茶屋は黙っていた。サヨコは咳払《せきばら》いをした。

「あたしらは、これから焼酎《しょうちゅう》を飲みにいく」

やけっパチだ。べつに酒の種類までいうことはないのに。

5

ホテルで風呂に浸《つか》るにはまだ早かったので、一年ぶりにスナック「クーカイ」へ入った。女性が七、八人いる。いちばんの年嵩《としかさ》は三十半《なか》ばだ。三十半ばが、

「あーらあ、茶屋先生」

と、声を張り上げた。カウンターにいる二人の客が茶屋のほうを向いた。「先生って、何者なんだ」という顔だ。

ママが出勤した。男のような太い声の女だ。

ママは、茶屋の正面へ立った。

「今度もまた長崎の帰り」

塩辛《しおから》を食ったような声だ。

「今回は、念願かなって博多を取材することになった。きょうはその一日目で、那珂川と中洲をちらっと」

「それはいい。じゃ博多にいるあいだは、毎日きてくださるのね」

ママは五十の角を曲がった歳格好だ。茶屋はこの人の珍しい苗字を思い出した。［米多比］と書いて［ねたみ］という。福岡には他にも変わった姓があるのをこのママから聞いたことがある。［怡土《いと》］という姓は［魏志倭人伝《ぎしわじんでん》］に出てくる伊都国《いと》だったといわれている怡土に因《ちな》んでいるという。許斐《このみ》という苗字も珍しい。

「この前おいでになったお客さんの名も変わってたわよ」

ママは急に目を細くした。

茶屋は水割りをお代わりして、なんという姓だったかを訊いた。

「毛穴《けあな》さん」

「ほう。それも珍しいし、憶えやすい」

茶屋は笑った。ホステスたちもケラケラと笑った。卑猥《ひわい》なことを想像したらしい。

「京都の方なんだけどね、物ごころついたころ、自分の苗字がなんとなく恥ずかしかったって。でも大学を出て就活してたら、苗字が気に入ったのでうちへ入社しないかって、わりに大きい会社に誘われたんですって。その会社に入社すると、変わった苗字だから営業をやれっていわれたそうなの。本人は営業向きじゃないって思っていたらしいけど、取引先に名前を憶えられたし面白がられて、成績がぐんと上がって、いまでは営業部門のトップに立ってるんですって」

珍名を笑っているうちに一時間あまりがすぎた。あしたの仕事が頭に浮かんだところで椅子を立った。

茶屋が泊まるホテルは、中洲より博多駅寄りだ。十階の部屋に着くと、深美に電話した。彼女はすぐに応じた。

病院へ寄ったが、糸島はもどっていなかった。いま、糸島のマンションの部屋にいるが、きのうまで見ていたままだと、力のない声を出した。

糸島は東京にいないのではないかとふと思ったが、それを深美にはいわなかった。

「わたしは糸島さんと一緒に、浅草を見て歩いたり、美術館へ行ったりしましたけど、なんの役にも立っていなかったんですね」

深美はつぶやいた。すわり込んでいるのではないか。

「そんなことはなかったと思いますよ」

「重大なことが起こったにちがいないのに、わたしには、そんな素振《そぶ》りも見せなかった。

わたしは、頼りにならない女だったんです」

「人には、深刻な出来事のうちにも、話すことができる性質の事情と、曖気《おくび》にも出せない性質の事情があるものです。あなたが頼りにならないんじゃない。話すことができなかっただけです。今は行き先をさがされたくないのかもしれません」

　慰《なぐさ》めにはならないと思ったが茶屋はいった。相手の深刻な事情に首を突っ込まないのも、愛情ではないかといった。

　糸島が自分の意思で病院を抜け出たのではないという推測も、茶屋の頭には浮かんでいる。何者かに連れ去られた可能性があるともみているからだ。しかしその推測を深美には話せなかった。

　電話を切ると窓辺に立った。向かいはオフィスビルらしくほとんどの窓が暗くなっている。じっと見ていると小さな人影が動いていた。人影はななめに動いていた。窓ぎわに階段があって、それを下りているようだった。眼下の道路には車の往来があるが、その音はまったく聴こえなかった。糸島末彦という男も都会のどこかで、茶屋と同じように、ひとつふたつと灯《あか》りを落としていく街を見ているような気がした。


　翌朝、八時半にレストランへ入った。ホテルの朝食の風景はどこも似たりよったりだ。

茶屋は、焼きたてのオムレツを皿にとった。彼の隣の席では若い女性が二人、サラダを山盛りにし、笑いながらフォークを口に運んでいた。彼が冷たい水を飲んだところへ電話が鳴った。きのう、自宅へ電話しておいた尾沼新平からだった。

「わざわざお電話をありがとうございます」

茶屋は会いたいのだが、都合はどうかと訊いた。

「きょうは工場《こうば》へ出ますので、夕方でもよろしいでしょうか」

工場というのは、バイクの整備工場のことらしい。尾沼はそこを午後四時には出ることができるといった。

茶屋が、尾沼の都合のいい場所へいくというと、博多駅東出入口近くのカフェを指定した。午後五時に会うことになった。

茶屋は、糸島末彦に関することを訊きたいといったが、尾沼は、「そうですか」といっただけだった。その人のことならなんでも訊いてくれといっているようだ。

茶屋は、よく食べよく喋っている隣の席の女性たちを観察しながら、ゆっくりコーヒーを飲んだ。ロビーで朝刊を開いた。目を見張るような記事は出ていなかった。

博多の人たちが「お櫛田《くしだ》さん」と呼んでいる櫛田神社参詣《さんけい》を思いついた。博多へきたのにそこへ寄らないと忘れ物をしたような気になる。

両側に提灯《ちょうちん》を積み上げた大きな鳥居をくぐった。大提灯の前には日の丸の旗がヒラヒラしていた。すでにお参りにきている人たちがいたし、外国からの観光客もいた。

ここは奈良時代に創建されたといわれる博多の総鎮守《そうちんじゅ》で、商売繁盛《はんじょう》の神さまである。五月は博多どんたく、七月は博多祇園山笠、十月には博多おくんちと、盛大な祭りでにぎわう。

本殿に手を合わせたあと、展示されている豪華な飾り山笠を仰《あお》いで、そこでも手を合わせた。

境内《けいだい》を出るとレトロな雰囲気のある川端通《かわばたどおり》商店街をぶらついた。このアーケード街は四〇〇メートルぐらいつづいているらしい。

茶屋はホテルにもどった。彼は観光にきているわけではない。見たり味わったものについて、それを原稿にしなくてはならない。彼は二百字詰めの原稿用紙を出すと、きのうからきょうにかけて目に映した風景と、食べたものの味と印象を書くことにした。

書いた原稿は事務所へファックスで送っておく。それをサヨコがパソコンへ打ち込み、出版社に納める前に編集するのだ。

ホテルのレストランで昼食にパスタを食べ、三十分ばかり昼寝をして、また原稿を書き、午後四時に服装をととのえて、鞄《かばん》を持った。

指定のカフェへは五分前に着いたが、尾沼新平はすでに待っていた。上背《うわぜい》はあるし顔が長い。顔も腕も陽焼けしていた。

二人ともコーヒーを頼んだ。

旅行をしていたというが、どちらへと茶屋が訊いた。

「バイクで別府《べっぷ》から宮崎、鹿児島。そして出水《いずみ》、熊本を通ってきました」

「バイクですか。もしかしたらトライアンフでは」

「そうです。よくお分かりになりましたね」

「そんな気がしたんです」

「去年、本州を一周しています。来年は北海道一周を考えています」

茶屋は、うらやましいといった。

「お仕事も、バイク関係のようですが」

「はい。バイクの改造や修理をしています。友だちが社長の整備会社なので、わがままを聞いてもらっているんです」

尾沼は白い歯を見せた。

本題に移る前に、警察ではどの部署に所属していたかを訊くと、警備課と生活安全課を経て捜査一課の刑事だったといった。

茶屋は、糸島の行方不明を話した。

「糸島末彦さんをよくご存じだったはずと、古賀さんにうかがいましたが」

「糸島さんとは同じ署に勤めていたこともありますし、年に二、三回は飲み食いした仲でした」

糸島は定年の一年ぐらい前に退職したということだが、その理由はなんだったかを訊いた。

「どうも娘さんの問題があったようです」

「娘さんは、昼間は映像関係の勉強をして、夜は普通の大学へかよっていたようですが、問題とはなにがあったんですか」

「糸島さんは、娘さんのこととなると口を濁《にご》して、はっきりと話してくれませんでしたが、娘さんは痴漢《ちかん》に遭《あ》ったようです」

「乗り物のなかでですか」

「福岡の地下鉄のなからしい」

何線のどこでということを尾沼ははっきり知らないようだ。

「痴漢ですから、駅員か電車の乗務員に訴《うった》えたようです。ところが犯人だと名指しされた男は、事実無根を主張した。そこからが揉《も》めごとになった。初めは痴漢騒ぎだったものが、警察へ話が持ち込まれると問題が大きくなったんです」

「大きくなったとは、どんなふうにですか」

「名指しした相手が警察官だったからです」

尾沼は、訴えられた男はべつの署の警官だったようだし、警察は痴漢問題を揉み消しにかかったのか、氏名などは知らないといった。

娘は痴漢行為を訴えたが、名指しされた男は彼女の被害妄想《もうそう》とでもいったのではないか。

「私はこんなふうに想像しました。……娘さんは電車を降りた。いたずらをした男を電車から降ろした。駅員に話したが、名指しされた男につっぱねられた。そこで彼女は警察を呼ぶといって男の行為を自白させようとしたのだと思います」

「実際にその場に警察官を呼んだのでしょうか」

「彼女が警察に駆け込んだのかもしれません」

痴漢の疑いをかけられた男が、あろうことか父親の上司だったり、父親より階級が上だったということが考えられる。

彼女は、いたずら行為を受けたのに、相手から妄想だといわれ、許せなかった。まさか相手が警察官だったとは知らなかった。警察官だと分かったら、父親の立場を考えて泣き寝入りしたのかもしれない。

彼女の抗議は当然、父親に知らされた。父親には上部から、『痴漢行為はなかった』とか、『娘さんの勘ちがいに火がついたんだ』などといわれた後、それまで勤めていた署から異動をいい渡された。

「そこで糸島さんは、むなしくなって、退職を決意したのだと思います」

尾沼の推測どおりだとしたら、糸島の退職はうなずける。が、彼は警察を辞めると家を処分して博多をはなれた。岩国と京都を経て東京へ移っている。それはなぜなのか。博多に住んでいられない事情でも生じたのだろうか。

「博多をはなれるさい、糸島さんから連絡がありましたか」

茶屋は、尾沼の陽焼けした顔をじっと見て訊いた。

「私は彼とはべつの署に勤めていたからか、連絡はありませんでした。彼が退職して、どこかへ引っ越したというのは、何か月か経ってから耳に入ったんです。清川の大きな家に住んでいましたが、その家を売ったということでした。土地も広いので数千万円は手にしたはずです。……警察官としての糸島さんの最後は不幸でしたね。口数の少ない、いつも穏やかな人でした。一緒に酒を飲んだのは数えきれませんが、いつも少しも態度を変えず、にこにこしていました」

尾沼は、いま糸島はどこでどうしているのかと、遠くを見る目をした。

三章　中洲《なかす》よいとこ

1

翌朝、ホテルのレストランで、きのうと同じように、ロールパン二つとオムレツをトレーにのせた。薄いカーテンをそよがせている風が緊急車両の音を運び込んだ。道路を見ると、パトカーのうしろを救急車が走り、そのうしろをもう一台のパトカーがつづいている。のっぴきならないことが繁華街のほうで起こっているようだった。

朝食のあと新聞をざっと見て部屋へもどると、テレビを点《つ》けた。

事件が起きていた。那珂川の春吉橋の近くで男の遺体が発見された。遺体を引き揚《あ》げたところ警察官だった。所持品からそれが分かったというから、警察手帳を持っていたのではないか。

ということは勤務中に川に落ちたのか。どんな服装をしていたかまでは報じなかった。

制服警官は完全装備していると泳ぎにくい物を身に着けている。拳銃、手錠《てじょう》、警棒、警察手帳、所轄《しょかつ》系無線器、催涙《さいるい》スプレー、Ｐフォン。そのほか個人的なメモ帳やペンなど。ケータイやスマートフォンは所轄署か交番にあずけるのが規則だ。


一時間ほど経つと、那珂川の春吉橋付近で発見された遺体の男は、福岡県警博多署生活安全課所属の警部補で、黒沢一世《くろさわいっせい》・四十七歳と判明、とテレビのニュースは報じた。黒沢の腹部には銃弾によるものと思われる損傷が認められたことから、解剖検査をするとともに、同県警と博多署は殺人事件を視野に入れて調べることにしたという。

黒沢という警部補がどこで落水したのかは不明だが、発見された地点は春吉橋の五〇メートルほど上流右岸。区境は川の中心だと以前だれかに聞いたことがあった。区境が警察の管轄地域を分けるのだとしたら、右岸は博多署の管轄ということになる。黒沢は所轄内で無念の死を遂《と》げたのか。

たぶん発見地点よりも上流で川に落ちたのだろう。それは昨日、九月二十二日だったのではないか。昨日だったのなら、外出先から帰署しないので、事故か事件に遭遇したことが考えられていたにちがいない。勤務を終えてからの災禍《さいか》だとしたら、警察手帳は携行《けいこう》していなかったのではないか。

黒沢は生活安全課の刑事だった。少年犯罪、薬物、風俗を扱うから、繁華街に関係がありそうだ。

茶屋のスマホがピコピコとオレンジ色の光を放った。[清川不動産]の古賀からの電話だった。

「驚きました、茶屋さん」

古賀はいきなりいって、咳《せき》をひとつした。

「茶屋さんは、けさのテレビをご覧になっていないでしょうが、事件が起きたんですよ」

「どんな事件ですか」

「博多署の黒沢さんという刑事さんが、けさ那珂川で……」

「そのことなら知っています」

「冷静ですね」

「古賀さんは、黒沢一世さんをご存じだったんですね」

「ええ、長い付き合いです。この近くへきたといっては寄ってくれましたし、中洲で偶然出会って、一緒に飲んだこともありました。気さくないい人でしたよ」

「腹に穴があいていたそうですから、銃で撃たれたんじゃないでしょうか」

「暴力団がらみの事件でしょうか。あ、茶屋さんに電話したのは、黒沢さんは糸島末彦さんを知っていたからです。親しかったかどうかは分かりませんが、うちへ寄ったとき、糸島さんの話をしていましたので」

「糸島さんのどんな話をしていましたか」

「五年も六年も前のことでしたので、細かいことはよく憶《おぼ》えていませんが、たしか糸島さんのことを、勤勉な警察官だとほめていたような気がします」

黒沢がその話をしたのは、糸島が清川に住んでいたときだったか、それとも転居したあとだったかを茶屋は訊いた。

清川から転居したあとだったと思うといったが、その記憶は曖昧《あいまい》のようだった。

古賀の電話を切って十五、六分するとサヨコが電話をよこした。

「博多で事件が起きたけど、先生知ってますか」

「博多署の現職刑事が殺《や》られた事件だろ」

「なぜ知ってるんですか」

「なぜって、テレビを観たんだ」

「取材にいったのに、朝からテレビを観てるんですか」

「難癖《なんくせ》をつけてるみたいだな。……朝食を摂《と》っていたら、ホテルのわきをパトカーや救急車が通った。それでなにか起きたなって感じたんで、テレビを点けたんだ。被害者の名も所属も分かった。被害者を知っている人から電話をもらった。このことを原稿に書こうと思う」

「先生は新聞記者じゃないので、被害者が勤めていた警察へ取材にいくわけにはいかない。きょうはホテルの部屋で、じっとテレビを観ているつもりですか」

従業員を遊ばせておくわけにはいかないという、町工場のおかみさんのようないいかただ。

「きょうは太宰府《だざいふ》へいく。何年も前に一度いったきりで、赤い社殿を見たことしか思い出せないのでな」

「わたしは三年前にいきました。だけど参道の店の前で、梅ケ枝《うめがえ》餅を二つ食べたことしか憶えていない」

「うまかったか」

「それも忘れた」

ハルマキは、鼻のあたまにおできができたので、皮膚科に寄ってくるといって、まだ出勤していないといった。

「きのう電話をくれたどこかの編集長は、自殺したいくらい忙しいなんていってたけど、おまえたちは、あくびも出ないほど退屈だろうな」

プツリと電話が切れた。

列車で太宰府へ向かった。［旅人《たびと》］と名付けられた観光列車の車体には太宰府のイラストが描かれていた。連結の車両の内部は淡いピンクで［貝合わせ文様］［七宝《しっぽう》文様］［波《なみ》兎《うさぎ》文様］［矢羽根《やばね》文様］［亀甲《きっこう》文様］［梅文様］に飾られて、乗客は各車両を見てまわっていた。［かなえたい願いの車両を選んでご乗車ください］とあった。貝合わせが縁結び、七宝が家内安全、波兎が安産、矢羽根が厄除け、亀甲が健康長寿、梅が学業成就だという。

太宰府駅を出ると、そこには観光客があふれていた。さすがは九州有数の観光名所だ。白い雲は風に流され、強い陽差《ひざ》しが降りそそぐようになった。ここは学問の神様と縁結びのスポットとされているが、そんなことはおかまいなしで、石畳の長い参道に並ぶ商店の前では、アイスや餅を食べている人が大勢いる。その半数は外国人のようだ。あちらこちらから中国語が聞こえてくる。サヨコがいっていた梅ヶ枝餅を売っている店が多い。焼き立てを売っている店もあった。天を衝《つ》くような巨大な石碑には［太宰府天満宮］の太字が彫《ほ》られている。

赤い太鼓《たいこ》橋から赤い鯉《こい》の泳ぐ池を見下ろした。記念写真を撮るために訪れたような人たちが数珠《じゅず》つなぎになっている。

参道や境内《けいだい》のあちこちに［御神牛《ごしんぎゅう》］の牛の像がある。鉢巻きをした牛もいる。

太宰府は古代からの大宰府所在地で、条坊《じょうぼう》古代都市が形成されていた。筑前国分寺《ちくぜんこくぶんじ》や太宰府天満宮などの寺社も建立《こんりゅう》されていたが、南北朝や戦国期の騒乱で荒廃していた時期もあった。太宰府天満宮の祭神は、学問の神として信仰の厚い菅原道真《すがわらのみちざね》。平安前期の公卿《くぎょう》・文人だ。

宇多《うだ》天皇の知遇を得て、右大臣に昇ったが、藤原《ふじわら》氏の意にそむいたと疑われ、突如大宰権帥《だざいごんのそち》に左遷《させん》されて、失意のうちに当地で没した。亡骸《なきがら》を載せた牛車《ぎっしゃ》の牛が動かなくなったため、当地に埋葬《まいそう》して祠廟《しびょう》を建てた。御神牛の像は、頭を撫でると知恵が授かるといわれ、テカテカと光っている。

道真は幼少のころより学問を積み、詩歌《しいか》にもすぐれていた。五歳のとき、庭の梅の花を見て、［うつくしや紅《べに》の色なる梅の花あこが顔にもつけたくぞある］と詠んだといわれ、京都から去る時には、［東風《こち》吹かば匂《にほ》ひおこせよ梅の花あるじなしとて春な忘れそ］と詠んだ。

茶屋は本殿に参ったあと社務所の前を通って、絵馬堂で足をとめた。びっしりと吊《つ》り下がっている絵馬を眺めた。ここは学問の神様だから遠方からも合格祈願にやってくる人が多いにちがいない。近くで記念写真を撮りながらきゃっきゃと騒いでいる人たちには、絵馬に切実な願いごとを書く行為の意味は分からないだろう。

茶屋は絵馬を読んだ。絵馬は人に見せるためのものでなく、神様にのみお聞きとどけいただくべく、真剣に書いたものである。が、つい読んでみたくなる。

［T大学に入れますように］

この手がたくさんある。『あなただけじゃない』といってやりたい。

［W大学に合格できたらなんでもします］『あとで恥をかく』

［父が身軽になりますように］『深刻な事情でも』

［赤ちゃんが早く生まれますように］『お腹《なか》が重たいのか』

［チイが早く元気になって、いっしょにじゃれてくれますように］『チイは犬か猫とはかぎらない』

［ジローのバカ。もう帰ってこないで］『お母さん』

［バラのあぶら虫を全滅させて］『菅原さんもそこまでは』

参道へ出ると淡い色の和服姿の女性が何人も目に入った。笑いながらソロソロと歩く

五、六人連れもいた。京都でもよく見掛ける、貸衣装を楽しんでいるようだ。
天満宮を振り返ると背後は緑の濃い小高い山だった。かたむいた陽が斜面に雲の影を落としていた。梅ヶ枝餅の店を横目にしながら、間口のせまい食堂へ入った。食事どきをすぎているせいか客席のあちこちが空《す》いていた。迷ったすえ茶屋は、辛子明太子《からしめんたいこ》茶漬《づ》けにした。

2

博多駅行きのバスがあったので、それに乗ってホテルへもどった。

ロビーを横切ろうとしたら、空か海の色を映したような鮮《あざ》やかなブルーのジャケットの男がソファから立ち上がった。なんと牧村編集長だった。

「先生、ご苦労さまでした」

「なんで、あんたが、博多にいるの」

「取材に精を出していただいている茶屋先生の激励です」

「激励だなんて珍しいことをいうが、なにかべつの目的があるようにしか、私には見えない。いつ思いついて飛んできたんだね」

「けさです。テレビを観てたら、ニュースで那珂川の殺人事件を報じていました。もしかしたら、茶屋先生が博多へいったから、事件が起きたのではと思いました」

「私と事件とは関係ない」

「あったほうが面白《おもしろ》いのに」

牧村は顔を伏せて小さい声でいった。

きょうの仕事を切り上げるには少しばかり時間が早いが、どこへいってきたのかと牧村は訊いた。

「太宰府天満宮」

「私はいったことがありません。先生とご一緒しようと思っていましたのに」

「これからいってくればいいじゃないか」

「えっ。天満宮は夜間でも」

「知らない」

「先生は、こんな半端《はんぱ》な時間にホテルへもどってきて。もしかしたら、夜の徘徊《はいかい》のために、ひと休みしておこうとしたのでは」

「私には、原稿を書くという時間が必要なんだ」

「きょうは、遠路はるばる駆けつけた私に付き合ってください」

「あんたは、中洲で飲みたくなって、飛んできたんだろ。中洲へいったことは」

「二、三回あります」

外を見るとビルの最上階に陽があたっていた。白いワイシャツ姿の人たちが歩いている。

ホテルから博多川に架《か》かる中洲新橋までの約五〇〇メートルを歩くことにした。博多へは何度かきているという牧村だが、なにかをさがすように首をまわしていた。

中洲新橋の手前を博多川沿いに歩いているうちに日が暮れた。中洲へ踏み込んで那珂川沿いに着いた。川はきょうも岸辺のネオンをゆらゆらと映している。

屋台があった。牧村は小腹がすいたといった。屋台では黒いニット帽をかぶった年配の男が焼酎を飲んでいた。男は茶屋と牧村を突き刺すような目でにらんだ。

茶屋たちはビールのジョッキを合わせ、腹の虫を黙らせるために串焼きと明太玉子焼きを注文した。ニット帽の男は空になったグラスを音をさせて置いた。黒い鉢巻きの店主は男のグラスに焼酎を注《つ》いだ。男はなにも食べていなかった。

「さてと」

牧村は食べ終えると腹を撫でた。ビールのお代わりはしなかった。

牧村はネオン看板をさがして歩いた。

「知っている店があるのか」

「あるんです。ビルの三階ということだけ憶えています」

「頼りない記憶だな。店の名は」

「それが……」

思い出せないという。目あてはビルの三階というだけ。今夜じゅうさがし歩いてもその店には辿《たど》り着けないだろう。

歩いてるうちにビルの名や店の名を書いた集合案内板を見つけた。牧村はそれをじっと見つめて動かなくなった。十分以上見つづけていたが目あての店は思いつかなかったようだ。歩きはじめると若い女のコの写真を並べたビルに着いた。クラブとキャバクラだ。牧村はその前で足をとめ、女のコの写真を食い入るように見つめた。

「女のコの顔を憶えているんだな」

茶屋が訊いたが答えなかった。

二十分経った。

「先生、交番をさがしてください」

交番で、二年ほど前に飲んだことのあるビルの三階の店はどこですか、と訊くつもりなのか。

博多警察署中洲交番はすぐに見つかった。制服警官が二人、赤い服を着た女性と話しているのがガラス越しに見えた。茶屋は牧村の後ろから交番の前へ立った彼を見ていた。

「思い出したんです、先生」

土中から遺物の断片でも見つけたような声を出した。目あての店は中洲交番右隣だったのを思い出したのだという。

「よかった。私の記憶は確かだった」

牧村は胸を撫で下ろした。記憶が確かだったら小一時間も紅灯《こうとう》をくぐってはいなかった。

交番の右隣のビルにはネオン看板が出ていた。「キャンデー」「チャンス」「落とし処《どころ》」「ふっと・もも」「むくむく」

「なんだか怪しげな店ばかり入っているビルのようだが、あんたの目あては」

「三階を見てください」

「ふっと・もも」だ。品格に問題がありそうとみるのは茶屋だけだろうか。

クラブなのかと訊くと、バーだという。

黒っぽいドアを入った。「いらっしゃいませ」轟音《ごうおん》がした。女性の声とは思えなかった。

カウンターのなかに女性が七、八人いた。ボックス席が三つあって、いちばん奥の席に二人連れの客がいた。まだ宵《よい》の口だから女性の数だけが目立っている。

茶屋と牧村がカウンターに並ぶと、女性が三人カウンター内から出てきて、二人のあいだと両脇に腰掛けた。彼女たちは二十代後半で似たりよったりだ。

「たしか前にもお見えになった……」

そろそろ三十の角にさしかかったと思われる、すみれと名乗った女のコが牧村の正面へ立った。牧村は彼女の名を憶《おぼ》えていた。そのくせ店の名を思い出すのに苦労した。

「たしか週刊誌の……」

すみれがいった。

「女性サンデー」

牧村がいう。

「そうそう、そうでした。何か月か前まで、広島の川と、可哀相《かわいそう》な女性の話が載っていましたね。面白くて、次の号が出るのが待ちどおしかった」

「それを書いたのが、茶屋次郎さん」

「そうそう。そんな名前でした。ずっと前に、金沢《かなざわ》の川と、金沢からどこか遠くへいく気の毒な男の人の話を、同じ人が書いてたような気がしますけど」

「それも茶屋次郎さんの作品。この人が茶屋次郎さん」

牧村は顎《あご》で茶屋を指した。

「ええっ」

四人が声をそろえた。茶屋は彼女たちに向かって軽く頭を下げた。

「本ものなの」

色白の平たい顔のコが丸い目をした。

「本ものに決まっているじゃないか」

牧村が胸を反《そ》らした。

「見えない」

顎の尖ったコがいった。茶屋がいったいなにに見えるのか。全員がビールのグラスを持ち上げた。

牧村はウイスキーのロックにした。早く酔いたいらしい。彼はすみれにさかんに話し掛けた。彼女の手をつついたりしている。新宿・歌舞伎町のクラブで彼のお気に入りは、あざみという名だ。年齢も目鼻立ちも体形もすみれとはまったくちがう。類似点は二人とも花の名前だということ。彼はすみれ以外のコとは口を利《き》かなくなった。すみれの手をつつくだけでは足りなくなってか、手をさすり、カウンターから上半身を乗り出した。彼女のどこかを見ようとしているらしい。

「なあに。なんなの」

すみれはおっとりという。彼女も酒に強いらしく、いつの間にか焼酎をロックで飲《や》っている。

四十代と思われる三人連れの客が入ってきた。三人とも酔っていた。一人は歌をうたっている。

彼らはボックス席へすわった。三人ともネクタイをしているが、ゆるんだり曲がったりしている。

「さあ帰るぞ」

茶屋が牧村にいった。

「どこへ」

牧村はかなり酔っている。

「ホテルに決まってるじゃないか」

「帰りたけりゃ、どうぞ」

牧村はすみれの前をはなれたくないらしい。もしかしたら歌舞伎町の店と勘ちがいしているのではないか。もう十分もするとカウンターに顔を伏せて眠ってしまうだろう。そうなると三十分は身動きしない。

茶屋は会計をして牧村を立たせた。彼はまだ歩ける状態だ。彼はいったいなにをするために博多へやってきたのか。

すみれに見送られて外へ出ると、

「先生、飲み直しましょう」

といって肩に手を掛けた。

「もう飲みたくない。私は眠たい」

「男が、なにいっているの。まだ宵《よい》の口じゃありませんか」

「飲み足りないなら、ホテルで飲むがいい」

「ちょちょ、ちょっと。ホテルで飲めだと。ここは中洲だよ。この辺ぜーんぶ飲み屋なんだよ。飲み屋街のど真ん中にいるのに、ホテルで飲めなんて、よくおっしゃいますね。私は、すみれと仲よく飲んで、彼女に歌のひとつも聴《き》かそうって思ってたのに。私と彼女が仲よくしているのが、気に入らなかったんでしょ。面白くなかったんで、帰ろうなんていったんでしょ。ヤキモチ焼いて。いい大人がみっともないです。茶屋次郎は、ちいっとばかり、世間に知られるようになったんだ。私が女のコと、いい関係になったって、そんなことは普通だっていう……」

タクシーがそろそろっと近づいてきたので、牧村の背中を押して乗り込んだ。

3

茶屋は午前八時半に朝食のレストランに入った。空いているテーブルをさがさねばならないほど混雑している。牧村をさがしたがいなかった。昨夜のバーの女のコの夢を見直しているのではないか。

けさは和食にした。焼き魚に納豆。納豆に生タマゴを割った。コーヒーを飲んでロビーに移り、ソファで朝刊を広げた。社会面に那珂川の事件が大きく載っていた。タイトルを読んだところへ人影が近づいてきて、茶屋の前でぴたりととまった。茶屋は新聞を持ったまま目の前でとまった黒い靴を見て、顔を上へ向けた。

「茶屋次郎さんですね」

黒い靴の男はいった。

「そうですが」

男は警察手帳を見せ、秋月《あきづき》と名乗った。四十半《なか》ばだ。もう一人は三十代後半といった歳格好で松下《まつした》と名乗った。

「なんでしょう」

秋月の顔を仰《あお》いだ。

「新聞を、たたんでください」

秋月の声はやや甲高《かんだか》い。茶屋の嫌いな声である。

「ここでうかがいましょう」

秋月と松下は腰掛けた。

「なんでもどうぞ」

「落ち着いているんですね」

秋月はにらむ目をした。

「いけませんか」

「一昨日《おととい》の夜、茶屋さんはどこにいましたか」

「なぜそれを訊くのかを、おっしゃってください」

「九月二十二日の夜九時ごろ、博多署の黒沢一世署員が銃で撃たれたうえ、那珂川へ落とされたもようです。私たちはその事件の捜査をしています」

「それはご苦労さまです。で、私になにを」

「私が訊いたことに答えてください」

「なんでしたか」

「一昨日の夜、どこにいたかです」

「ある場所で、ある人と会っていました」

「ある人とは、どなたのことですか」

「それは軽がるしくいえません。相手は知られたくないかも」

「茶屋さんは、情報どおり豪胆というか、肝《きも》っ玉《たま》が太いというか」

「情報どおりですって。情報とは、どこから」

「茶屋次郎さんという人が、ある人のことを嗅《か》ぎまわっていると情報が入った。それであなたのことを東京へ問い合わせた。すると過去に、警察官でもないのに事件のことをかぎまわっていたことが分かった。それだけじゃない。警察官に向かって暴言を吐いたり、見下すようなこともいった」

その情報源はサヨコではないか。彼女は、茶屋が取材地の警察と揉《も》めごとを起こすのを期待している。従業員らしくないひねくれ者である。

情報源は牧村とも考えられる。彼もサヨコと同じで、茶屋が警察といざこざを起こすと面白がる。腹に風穴をあけられたうえに那珂川へ放り込まれた被害者の冥福よりも、茶屋が油の浮いた川水を飲んで、七転八倒《しちてんばっとう》しないものかと祈っているような気がする。

「亡くなった黒沢一世さんは、どんな事件を扱っていたんですか」

茶屋が秋月に訊いた。

「警察官にそんなことを訊くものじゃありません。一般人には答えられません。……それより茶屋さんは、博多へどんな用事できたんですか」

行方不明になっている人の行方《ゆくえ》さがしをしているのだと答えた。

「その人は、この博多にいそうなんですか」

「六年前まで博多に住んでいました。こちらへきて聞き込みしたところ、その人は元警察官だったと分かりました。もしかしたら、秋月さんの同僚だったかも」

秋月は音がするようなまばたきのあと、それはだれかと訊いた。

「清川に住んでいた糸島末彦さんという方です」

「糸島さんなら憶えています。たしかに五、六年前に退職しました」

所属部署は異《こと》なるが中央署で同僚だった。いつの間にか辞めたが、退職理由は知らないといった。しばらく経ってから、清川の土地家屋を処分して転居したと聞いたが、その理由も知らないという。

「東京の茶屋さんが、どうして糸島さんの行方をさがすことになったんですか」

「糸島さんは病気になって東京で入院していましたが、その病院からいなくなったんです。ある女性が糸島さんの世話をしていた。糸島さんは奥さんを京都で亡くしてから、独り暮らしでした」

「茶屋さんは、糸島さんのお世話をしていた女性から、行方さがしを頼まれたんですか」

「女性の話を聞いて、さがしてあげたくなったんです」

秋月は首をかしげた。茶屋のいうことに疑問でも感じたのか。

「情報では茶屋さんは旅行作家ということです。そういう人が探偵の真似《まね》ごとのようなことをしている。行方さがしを頼んだ人から、調査料をどっさりもらったんでしょうね」

舌がざらつくような嫌な感じのする言葉である。この人は、刑事になってから耳ざわりな言葉を使うようになったのか、それとも幼少期に味わったひがみっぽい暮らしが、折りにふれ頭をもたげるのか。

「私は、名川《めいせん》シリーズという紀行文を週刊誌に書いている。今回は福岡市の中心部を貫《つらぬ》いている那珂川を選びました。病院を抜け出なくてはならない事情を抱えていた、糸島さんが住んでいた街だったからです。糸島さんは親御さんから譲られた大きな家に住んでいた。警察官という安定した職業に就いていて、特に不自由はなかったようです。そういう人が定年まで勤め上げないで退職した。辞めなくてはならない出来事に出遭《であ》った。そして、家を処分してまでべつの土地へ移った。そのことと、病気が治るのを待たずに病院を抜け出したこととは、無関係じゃないような気がします。そう思いませんか、秋月さんは」

「思いません」

「なぜ」

「今回の事件とは、なんの関係もないからです。それより、あなたはいつまでここにいるんです」

「充分な取材ができるまで」

「これからも訊きたいことが出てきそうです。移動するときは連絡してください」

秋月と松下は、ノートを閉じると去っていった。

牧村はまだ白河夜船《しらかわよふね》ではないのか。レストランをのぞくと、従業員が朝食の片付けをしていた。

茶屋は訪ねたいところを思いついたので、フロントから牧村の部屋へ電話しようとした。と、面長《おもなが》の女性フロント係が、「牧村さまは、お帰りになられました」といった。チェックアウトしたというのだ。彼は、ロビーで二人の男と話している茶屋を見たにちがいない。向かい合っているのは警察官と判断したのだろう。茶屋が元警察官だった糸島末彦の周辺を調べているのを牧村は知っていた。そのことが警察の現職幹部の耳に届いた。それで刑事に、「茶屋次郎という正体の怪しい男に会ってこい」と命じた、と牧村は勘付き、一緒にいると自分も刑事の追及を受けそうだとして、ホテルを逃げ出したにちがいない。

茶屋は牧村がいなくても困らない。むしろいないほうが動きやすい。


茶屋は、［清川不動産］の古賀に会いにいった。茶屋が、糸島の足跡《そくせき》を追っているのを、警察に告げたのはサヨコでも、牧村でもなく、古賀ではないかと推測している。それを茶屋は訊くつもりはなかった。

古賀は店のソファで新聞を読んでいた。茶屋が入っていくとびっくりしたような目をして新聞をたたんだ。

三年ほど前、近所の人が福博であい橋の上で糸島里帆とすれちがったということだった。その人に訊きたいことがあるのだ、と茶屋はいった。

古賀はすわったまま妻を呼んだ。はい、はい、といって出てきた妻に、里帆を見掛けた人はだれかと尋ねた。

「蒲地《かまち》さんといって、そこの信号を左に曲がって、一本目を右に曲がった赤っぽい壁の家。以前は毛糸の店をやっていましたけど、売れなくなったといって店を閉じてしまいました。でも、編《あ》み物が堪能《たんのう》なので、頼まれて教えにいっている奥さんです。ご主人は、天神のビル管理会社の社長さんです」

古賀の妻は、茶屋の訊かないことまで喋《しゃべ》ったあと、蒲地の名は鈴江《すずえ》だと付け足した。

「けさホテルへ刑事がやってきて、二十二日の夜はどこにいたのかと訊かれました」

古賀にいうと、

「茶屋さんは、警察から疑われたんじゃないでしょうか」

「なにを疑われたと思いますか」

「警官が殺された事件です」

「詳しいことは分かりませんが、黒沢という警察官は銃で腹を撃ち抜かれているらしい。まさか私が銃を……」

「東京からおいでになって、元警察官のことを調べている。その元警察官の知り合いの警察官が殺された。疑わないほうがおかしいです」

「では、古賀さんも私を」

「少しは」

茶屋は呆《あき》れたという顔をした。

だが古賀に悪意はないようだ。微笑しながら、蒲地さんから里帆に関する話が聞けるといいがといった。

蒲地家はかつては商店だった名残《なご》りをとどめていた。固く閉ざされたガラス戸に、店名を消したらしい跡があった。

4

表札の下に、「ご用の方は裏口へおまわり下さい」という札が貼ってあったので、裏へまわってインターホンを押した。

明るい声の応答があってすぐにドアが開いた。

蒲地鈴江は、薄緑の目の粗《あら》い半袖のサマーセーターを着ていた。髪は半白だ。肌の手入れがいいらしく、顔はつやつやしている。

茶屋は、糸島末彦の行方をさがしていることを話した。

「まあ、病院を抜け出したなんて」

彼女は頰《ほお》に手をあてた。

「奥さんは三年ほど前に、糸島さんの娘さんをお見掛けになったそうですが」

「里帆さんを見掛けました。福博であい橋の上でした。すぐに里帆さんだと分かったので、話し掛けようとしたら、急に早足になって、まるでわたしから逃げるように」

里帆は西中洲から中洲へ向かっていったという。

「急に早足になったというのがおかしいですね」

「そうなんですよ。わたしは彼女から嫌われているはずはありません。彼女が高校生のころ、手芸を習いたいといって二、三か月ここへ通っていました。なんだったかは忘れましたけど、毛糸でなにかをつくりたがっていたんです。……めったに笑わない子でしたけど、やさしい声で話して、可愛《かわい》げがありました。わたしになにか訊かれるのが嫌だったのかもしれません」

「お訊きになりたいことがあったんですか」

「久しぶりに会ったのですから、いまなにをしてるのぐらいは訊いたと思います」

見掛けたのは、何時ごろだったかを訊いた。

「夕方の六時近くだったと憶えています。六月ごろで、まだ陽差しがあったと思います」

そのときの里帆の服装を訊いたが憶えていないといった。

「糸島さんは、京都で奥さんを亡くしていますが、里帆さんをお見掛けになったのは、その前でしょうか」

鈴江は両手を頬にあてて考え顔をした。

「わたしが里帆さんを見掛けてから何日かして、そのことを古賀さんの奥さんに話しました。そうしたら糸島さんの奥さんは亡くなったと聞いて、びっくりしました。博多から引っ越されて、どこか遠方で暮らしていたようです。里帆さんを見たのは、彼女のお母さんが亡くなったあとだったような気がします」

鈴江はそういったあと目を瞑《つむ》って首をかしげた。

「記憶がどうもはっきりしませんけど、里帆さんは、十九か二十歳《はたち》ごろから、ご両親と同居していなかったようでした。学校も中途でやめたんじゃないかという気がします」

元警察官の尾沼は、里帆は痴漢の被害に遭い、加害者とのあいだで揉めごととなった。加害者だと名指しされた男は冤罪《えんざい》を主張したようだ、といっていた。

しかし、そのことを茶屋は鈴江には話さなかった。

茶屋は鈴江の話をノートに整理した。

彼女が橋の上で里帆を見たのは、母親が死亡したあとの六月ごろ。夕方で、里帆は中洲方面へ向かっていた。声を掛けると鈴江を認識したようだったが、逃げるように去っていった。

「古賀さんの奥さんは、里帆さんのお母さんが亡くなったのを知っていたということでしたね」

茶屋はノートに目を落とした。

「ご存じでした」

「だれかから聞いたのでしょうか」

「そうだと思います。糸島さんが連絡をよこしたということではないでしょうから」

茶屋は礼をいって蒲地家をあとにすると、その足で［清川不動産］へ引き返した。

古賀はメガネを額に上げて電話していた。友人との通話らしく笑っている。

茶屋は奥へ声を掛けた。出てきた妻に蒲地鈴江に会えたことを話した。

「奥さんは、糸島末彦さんの奥さんが亡くなったことをご存じでしたね」

「はい。芳和さんの奥さんから聞いていましたので」

そうか。芳和の妻が知っていたのは当然かもしれない。芳和の妻と古賀の妻とは懇意《こんい》のようだ。

「末彦さん夫婦が引っ越す前から、里帆さんは同居していなかったそうですが、それをご存じですか」

「どのぐらい前からだったかは憶えていませんが、里帆さんの姿は見掛けませんでした。別居には理由があったにちがいないですが、そのことを彼女のお母さんに訊いたりはしませんでした」

「里帆さんが別居していたことと、末彦さん夫婦が転居したこととは関係があると思われますか」

「さあ、分かりません。わたしはご近所の事情や出来事には、深入りしないことにしていますので」

きょうはこれ以上突っ込んで質問しないことにした。彼女は、里帆が別居していたことや、糸島夫婦が家を処分して転居した理由などを、すべてではないが知っているかもしれなかった。だが一気に切り込もうとすると警戒する人がいるので、茶屋は引き下がることにした。


自動車整備会社でバイクの改造と修理をしている尾沼新平に電話した。仕事中なので通話できないかもしれないと思っていたが、きょうは休みだと尾沼はいった。茶屋には日曜も祭日もなかったので、相手の休日というものを忘れていた。

尾沼とはすぐに那珂川の事件に触れた。

「私は、殺された黒沢という方と面識はありませんでしたが、彼を知っている人が言うには仕事のできる刑事だったということでした」

「黒沢さんは、やはり殺されたんでしょうか」

茶屋はペンをにぎった。

「黒沢は拳銃を携行していなかった。しかし腹には銃創があった。何者かに至近距離から撃たれたにちがいありません。また、銃弾は警官が使っているのとはちがう銃から発射したものということです」

犯人は暴力団関係者か、あるいは暴力団関係者から銃を入手した可能性があるという。

「犯人は銃で撃ったうえに、川へ突き落としたんでしょうか」

「そうでしょうね。黒沢の肺には川の水が入っていたっていいますから、生きているうちに川へ放り込まれたんでしょう」

「乱暴だし、憎しみを持っていた者の犯行のようですね」

「茶屋さんは、黒沢の事件に関心を持たれたんですか」

茶屋は、そのとおりだといった。

「黒沢さんは、糸島末彦さんと顔見知りだったそうです。どこかの署で同僚だった時期があったのではないでしょうか」

「糸島さんは、博多臨港署で退職しています。その当時、黒沢は同じ署にいたんじゃないでしょうか」

それを正確に知りたければ確認すると尾沼はいった。

茶屋はそうしてもらうことにした。糸島の退職当時のことを詳しく知りたかった。定年を待たずに退職に踏み切った理由を知りたかったのである。

尾沼から三十分後に電話があった。

糸島末彦が退職した当時、博多臨港署に勤務していて、その後中央署へ転勤し、去年定年退職した内山哲治《うちやまてつじ》という人が、自分よりある程度詳しく経緯《いきさつ》を知っているといって、内山のケータイの番号を教えてくれた。

茶屋はその番号へ掛けた。内山は穏《おだ》やかな話しかたをする人だった。会いたいというと、構わないので場所は茶屋が指定してくれといわれた。茶屋が中洲の［魚々勘］でどうかというと、「茶屋さんはいい店をご存じなんですね」といった。内山は利用したことがあるらしい。

内山は去年退職したというが、その後はどこかに勤めているのか。それとも働く必要がないという境遇なのだろうか。

茶屋は［魚々勘］に着いた。女のように色白の男に迎えられ、奥のほうの個室コーナーを選んだ。

五分もすると内山哲治がやってきた。鬢《びん》がわずかに白いが若わかしい長身だ。チェックの半袖シャツで、上着を腕に掛けている。

二人はビールのグラスを合わせた。

「私は、茶屋さんのご本を十冊ほど読んでいます。何年か前ですが、四万十川《しまんとがわ》と筑後川《ちくご》の話をつづけて読みました。読みはじめたら目がはなせなくなって、朝までかかって読み終えました。一か月ほど前には広島の話を。冤罪《えんざい》ものだったので、緊張して読みました」

「それはそれは」

茶屋は礼をいった。

「今度はどこを舞台になさるのですか」

「そのために博多へきたのですから、那珂川をと思っています」

「あまり知られていないようですが、福岡市には他にいくつも川がありますし、大きい池もあります」

「大濠《おおほり》公園ですね。公園内に美しい日本庭園があるのを知っています」

内山は茶屋のことを、結構な職業だとうらやむようないいかたをした。

茶屋は内山の仕事を訊いた。

「警察を退職して、一か月ほど遊んでいましたが、身の置きどころがないというのか、毎日が落ち着かなくなったんです。それで知り合いを頼って再就職しました。不動産会社の住宅展示場の管理人です。窓ガラスを拭いたり、庭の草むしりをしていましたが、自分にはもっとべつにやれることがありそうだと思うようになりました。ただ、なにをやるかと考えているうちに、からだの具合が悪くなって、今年の七月いっぱいで辞めました」

　現在は、本を読んだり、絵を描いたりしているという。

「絵をお描きになるとは、いい趣味をお持ちではありませんか」

「下手《へた》の横好きです。私がぶらぶらしていると家内が落ち着かなくなったといって、ホテルの清掃の仕事をやるようになりました」

　内山はうすく笑った。

　絵を描くと聞いて、深美の話の糸島末彦を思い出した。美術館で糸島は、展示されていた一点の絵の前に立って長いこと動かなかったといっていた。それを内山に話すと、糸島は福岡市内で開かれる絵画展をたびたび観にいっていたようだといった。

「糸島さんと話しているうち、絵が話題になったことがありました。糸島さんは月に一、二回、幼稚園で、そこの子どもたちと絵を描いていたそうです」

「子どもたちと」

「糸島さんは、正式に美術を学んだわけではないが、絵を観ていると、描いた人はなぜその風景や、花や、人物を描く気になったのかが想像できる、というようなことをいっていました」

「好きというか、惹《ひ》きつけられる絵や画家がいるのでしょうね」

「スペインの画家のゴヤを挙げていました。直視できないほど凄惨《せいさん》な絵を遺《のこ》している一八〇〇年ごろの人です。私は写真で一点しか見たことがありませんが、『黒い絵』という連作が有名だそうです」

「私も原物は観ていませんが、『裸のマハ』や『我が子を食らうサトゥルヌス』という絵を知ってます。人間の極限とか限界を絵にしていると、なにかで読んだ記憶があります」

メニューを手にしていた内山は、豆腐の上にサワガニのから揚げをのせたものと、ウナギの蒲焼《かばや》きをオーダーした。彼はこの店のうまい物を知っているようだったので、茶屋も同じ物にした。

話を糸島にもどした。茶屋は、糸島が定年を待たずに退職した理由に関心を持っているが、詳しいことを知っているかと訊いた。

「私の知るかぎりでは、娘さんが痴漢に遭って、そのあとの始末に関係があるということです」

「娘さんは里帆さんという名です。彼女は電車内で痴漢行為を被ったので、訴えた。ところが相手の男が冤罪を主張したことから、問題が大きくなったと聞いていますが」

「そのとおりでしょう。初めは駅員に訴えたが、駅員が穏便にすませようとしたのか、うまいこと逃げおおせられて、埒《らち》が明かないので、彼女は警察へ飛び込んで事情を説明した。なんでも相手の男が彼女を侮辱《ぶじょく》するようなことをいったので、警察沙汰まで発展することになったようです。彼女の訴えを聞いた警察は、相手の男の言い分を聞くために改めて電話を掛けた。ところが番号がちがっていることが分かった。男が出まかせの番号をいったんです。警察は駅員に問い合わせたりして男の身元をさがしたが、どこのだれなのか不明、と彼女に伝えたんです。男が行為を否認したこと、里帆さんに侮辱的な言葉を吐いたことと、氏名や電話番号を偽《いつわ》ったことなどから、彼女は、事件を諦めず追及する姿勢をとった。こういう姿勢に対して警察はどうぞ気のすむまで、という態度をとったにも関わらず、その件に関してはもう追及はしないほうがいいと、説得しようとしたんです」

内山はビールで喉《のど》を湿らせた。から揚げのカニを嚙《か》んでにこりとした。あまり酒は飲まないが旨《うま》い肴《さかな》は知っているようだ。

「里帆さんを説得にいった係官の口の利《き》きかたもまずかったんじゃないでしょうか。彼女は説得を呑み込んだふりをしたが、内心は逆上していたんだと思います。父親が警察官だということをわきまえ、考えたすえに両親と別居したんです。警察と戦う姿勢をとったんじゃないかと思います」

「里帆さんは、なぜそこまで」

「相手が身元を隠した。侮辱の言葉を吐かれた。そのため屈辱を感じたんじゃないでしょうか」

「普通、その種の事件では、双方が身元を隠すんじゃないでしょうか」

「駅での抗議の段階では名乗り合わないでしょうが、警察へ訴えれば、身元を正確に聞きます」

「相手は身元を偽り、彼女を足蹴《あしげ》にするようなことまでいった。それで里帆さんは相手の男を許せなくなった」

そのことと父親の退職とはどうつながるのか。

「両親と別居した里帆さんは、父親とは関係なしに警察へおもむいて、改めて犯人をさがし出してもらいたいと頼んだようです」

「警察に頼めば分かると思ったんでしょうか」

「たぶんそうでしょう」

何日かするうち地元紙が、里帆が被害に遭った痴漢事件を取り上げる気になって彼女に接触した。彼女は地元紙の取材に応じ、丁寧《ていねい》に相手の体格や顔立ちや当日の服装などを話した。地元紙は、警察は痴漢犯人の割り出しに動かなかったうえ、わざわざ追及しないほうがいいと説得しようとした点に不審を述べた。警察は犯人を特定したかどうかは不明だが、警察関係者の可能性は充分考えられるという記事を載せたということだった。

5

内山との話は黒沢一世の事件におよんだ。

「黒沢さんを撃った銃は、現在の警察が使っているものではないということですが」

「彼の体内に弾《たま》がとどまっていたので分かったんです。制服警官が装着しているのは、ニューナンブ、スミス・アンド・ウェッソン。それから超軽量のサクラ。内山を撃ったのはアメリカ・コルト社製の『357マグナム』銃のようです。後輩で銃に詳しい警官から聞いたことですが、銃弾の弾頭にくぼみがある『ホローポイント弾』と呼ばれるタイプで、殺傷力を高めるために命中すると先端が潰れて扁平な形になるようになっているそうです。これまで犯罪に使われていない銃から発射されたようですから、警察は銃と銃弾の入手経路を追っていると思います」

「黒沢さんの所属は生活安全課だったそうですが」

「主な担当は風俗街です。手加減の要《い》る仕事なんです。ヤバいなと思っても大目に見なくてはならないこともある。繁華街が仕事場みたいなものですから、巡回している担当地域の飲み屋から誘惑の手が伸びてくることもあります。そういう業者はウラで後ろ暗いことをやっている場合がある。それをうまくさぐり出すのが彼の主な仕事だったんです」

「仕事中に殺《や》られたんでしょうか」

「たぶんそうだろうと思いますが、彼は単独行動でした。なので警察は勤務中扱いにするかどうか」

深美から電話があった。

「先生はいまどちらですか」

今夜の彼女の声は寂《さび》しげだ。

まだ博多で取材中だというと、それではまたあとでといって、電話を切ろうとした。茶屋は、変化を感じ取ったので、話してくれといった。

「病院へいってきました」

糸島が入院していた病院だ。「そうしたら、糸島さんのベッドは片付けられていました」

病院では、糸島はもうもどってこないだろうと判断したのだろうか。片付けられたベッドを見た深美は一縷《いちる》の望みを失った気がしたのだろう。彼女は今夜も糸島の自宅へいってみた。やはり糸島がもどってきたような痕跡は見あたらなかった。片付けられたベッドを見たあとだったせいか彼女は、糸島に置き去りにされたような気分になったのではないか。茶屋はそう思ったとき、やはり糸島は深美から逃げたのではないかと、ふと想像した。彼女としょっちゅう会うことが糸島には負担になっていた。そこへ病気になってしまい彼女の世話を受けることになってしまった。病気は快方に向かった。そこで意を決して病院を抜け出した。彼女から去っていったのではないか。

茶屋は彼女に、もう糸島を諦めなさいとはいえないので、もう少しようすを見ようと、曖昧なことをいって電話を切った。

茶屋は、糸島が、一歩遠のいたことを内山に話した。

「糸島さんは、別の深刻な病気が見つかったんじゃないでしょうか」

内山は箸を置いていった。

「深刻な病気……」

糸島が入院していた病院の師長によれば軽い脳梗塞や帯状疱疹だったらしいが、他にもまだ隠していたことがあったのだろうか。

「入院中はいろいろな検査を受けます。その過程で隠れていた病気が見つかる。そういうことがあるのを聞いたことがあるものですから」

「そうだとすると、病気を悲観……」

茶屋は最悪の場合を想像した。

「かねてからいってみたいと思っていた場所があって、そこへいったとか、体験してみたいことがあって、それを実行しているとか」

「それなら、快復を待ってからでもよかったと思いますが」

「糸島さんは、思い立ったらじっとしていられない人だったのかもしれません。それを、世話をしてくれている女性にもいえないので、黙って出ていった。彼女とは、そういうことをいい出せない間柄だったということも考えられます」

献身的ともいえる深美の姿を思い浮かべると、内山の推測があたっているようにも思われた。

また茶屋に電話が入った。時間からいって事務所のサヨコかハルマキだろう。いや、牧村かもしれない。今夜の茶屋がどうしているのかを知りたくなったので……などと言われるのかと思っていたが、電話を掛けてよこしたのは知らない女性だった。

「思い出したことがありました。もしかしたら大事なことではと」

年配女性がそういった。

「どなたでしょうか」

「あら、わたし名乗らなかったですね、ごめんなさい」

里帆に編み物を教えていたという蒲地鈴江だった。糸島里帆に関することだという。

「ありがとうございます。ぜひお話をおうかがいしたいので、あしたお邪魔しますが、よろしいでしょうか」

「はい、結構です。この年なので思い出したことがあってもすぐに忘れてしまい、また何日かして、ふと思い出したりするものですので、早めにおいでください」

茶屋は酒さえ飲んでいなければ、今夜にも訪問したかった。思い出したことをわざわざ話したいというのだから、それはきっと重要なことにちがいない。橋の上で見掛けた里帆の服装程度のことなどではなかろうと思われた。

茶屋は内山に酒をすすめたが、もう充分だといって焼きおにぎりを頼んだ。茶屋も同じものにして、福岡空港限定焼酎というのをロックで一杯頼んだ。

内山は、焼きおにぎりを二つ食べた。上がりを飲むと、割り勘にしようといってポケットから財布を取り出した。長年の勤め人生活の習慣が身についているようだった。

茶屋は彼の手を押さえた。貴重な話を聞くことができたのだから会計は私がというと、内山は頭を下げた。

内山は鞄《かばん》からノートを取り出すと、茶屋の顔をスケッチさせてくれといって、エンピツを動かした。珍しい人である。茶屋は十分ばかりじっとしていた。

内山は描き終えた似顔絵を茶屋に向けた。少し長めの顔の特徴をよくとらえていた。

彼は警察で、被害者が話す男女の似顔絵をたびたび描かされたといった。

内山とは「魚々勘」の前で別れた。茶屋は繁華街をぶらぶら歩いてホテルへもどるつもりだ。歩きながら、内山がいった里帆の痴漢事件を思い返した。痴漢犯人が被害者の里帆に向かって、屈辱的な言葉を吐いたうえに、氏名、住所を偽った。それを知ったときの里帆の表情が浮かぶような気がした。

中洲交番の赤いランプが見えはじめた。

「茶屋先生」

男か女か区別がつかない声が掛かった。声がしたほうを振り向くと「クーカイ」のママが笑いながら近づいてきた。

「どこをうろうろしてるの。「クーカイ」はこっちよ」

「私は、ホテルへ帰るところだった」

「ホテルへ帰るつもりで、繁華街のど真ん中を歩いてた。だれかに誘われたかったんじゃ」

「この近くで食事をしたんだ」

「じゃ、食後の一杯」

「私は、帰りたい」

「いま何時だと思ってるの。いまから寝たんじゃ、朝がこないうちに目が醒《さ》めちゃうよ」

「それでもいい。今夜は」

「なにいってるの、バカ。あたしは、いまから出勤なのよ」

嫌《いや》いや「クーカイ」の扉を開けた。というよりも塩辛声《しおから》のママに背中をどつかれたのだ。

カウンターに女のコが五人並んでいた。左の二人は同じ顔に見えたので、茶屋は目をこすった。あらためて見たが同じ顔で背の高さもほぼ同じだ。ドレスの色だけがちがう。

「双子なの」

茶屋はまばたいて訊いた。

「双子です」

二人は声をそろえた。

「前からいたの」

「はい、一年前から」

二人で一緒に入ったのだという。二十歳ぐらいに見えた。

「私はこの前ここへきて、ここで飲んだが、そのときは……」

「二人ともいました。珍名さんのお話をなさっていました」

茶屋は、気づかなかったといって、こめかみを揉んだ。

「茶屋さんは、このあたりに住んでいらっしゃるんですか」

姉と名乗ったほうが訊いた。

「住んでいるのは東京。こっちへは仕事できているんだ」

「そうなんですか。毎晩、中洲で飲んでるみたいだから、博多に住んでる人かと思った」

ママがカウンターのなかへ入った。

「この人、こう見えても、売れっ子なのよ」

ママが双子にいった。

「なにを売ってるんですか」

妹のほうが訊いた。

「売ってるんじゃなくて、書いてるの」

「絵描きさん？」

「山とか川とか野原を見て、その辺に住んでる人とか、たまに殺される人がいると、その人のことを、あっちだこっちだって、書いてるの。人の役に立たないことばかりだけどね、面白いんだよ」

細い目をした茶髪《ちゃぱつ》の女のコが、「女性サンデー」という週刊誌を知っているかと双子に訊いた。

「知ってます」

茶屋はそれに紀行文を載せていると細目がいうと、双子は、「ふぅーん」といっただけだった。

四章　川沿いの気温

1

茶屋は、午前十時すぎに蒲地鈴江を訪ねた。彼女は茶屋がくるのを待っていたのか、座敷にはお茶の支度《したく》がととのっていた。きょうの彼女は、ミカンのような色の、目の粗《あら》いセーターを着ていた。彼がそのセーターをほめると、これは手編《てあ》みだといって編みかたの指導をするように話をはじめた。

「きのうのお電話では、なにか思い出したことがおありということでしたが」

「そうそう、そうでした。きのうは糸島里帆さんのことをお話ししたのに、肝心《かんじん》なことを忘れていました」

彼女はお茶を注《つ》ぐと、「どうぞ」といって微笑して、姿勢を正した。あらたまって大事なことを話すというのだろう。

「二十四、五年前のことです。糸島さんの奥さん、舟子《ふなこ》さんというお名前でしたが、近所から妙な噂《うわさ》が立ちました」

「舟子さんについてですか」

「近所の人たちが知らないうちに、舟子さんは実家に帰っていました。お産をするためとご主人から聞いて、近所の人たちはびっくりしたんです。そのころ舟子さんは三十四、五歳だったと思います。それまで子どもができなかったので、子どもを欲しがっていたということでした。ご主人から、お産のために実家へと聞いて、それはお目でたいことだと近所の人たちはいいましたが、舟子さんはお腹《なか》が大きくなかった。目立たないお腹のままお産をする人はいますが、お子さんができればなにかの兆候があるものです。……舟子さんは半年ぐらい実家へ戻っていました。そうして、女の子を抱いて帰ってきました。近所の人は彼女に会えば、お祝いの言葉を掛けていたと思います。妙な噂がわたしの耳に入ったのはそれからでした」

　彼女は自分の湯呑みにお茶を注ぎ足すと両手に包んだ。

「舟子さんが女の子を抱いて帰ってくる半年ほど前の白々明《しらしらあ》けのころ、散歩をしていた人が、糸島さんの庭のあたりで赤ん坊の泣き声を聴いたといったんです」

「でも舟子さんは、清川の自宅で出産なさったのでは」

「それなら、出産のために実家へいっているというご主人の話は、へんではありませんか」

「たしかに。子どもを産んでから実家へ帰ったとしても、べつにおかしくはないのに」

「そうでしょ。わたしは噂のほうを信じるようになりました」

「噂のほうとおっしゃいますと」

「朝方、庭で赤ん坊の泣き声を聴いたという話」

彼女は片方の手を胸にあてて、意味が分からないのか、といっているような顔をした。

茶屋は首を左右にかたむけていたが、

「だれかが、赤ん坊を置き去りにした」

「そう。そうにちがいないと思うようになりました」

「舟子さんは、庭でする赤ん坊の泣き声で目を醒《さ》ました。庭へ出ていくと赤ん坊が泣いていた。彼女はその子を抱いて家の中へ入った。女の子だった。綿布を代替としておむつを取り替え、ありあわせの牛乳でも温めて飲ませた。一日か二日は、赤ん坊を置き去りにした母親がもどってくるかもしれないと思ったし、子どもを棄《す》てなくてはならない母親の事情を思いやっていた。だが、赤ん坊を見ているうちに、この子が自分の子だったらと思うと、居ても立ってもいられなくなった。赤ん坊を産んだ人がもどってこないことを希《ねが》って、実家、いや実家ではないかもしれない。とにかく赤ん坊を抱いて自宅をそっと出て、あるところで何か月かをすごした。そして、赤ん坊を抱いて自宅にもどり、自分が産んだことにした」

「そう。さすがは茶屋次郎さん。きっとそのとおりにちがいありません。届出には母子手帳だの産んだ場所と取り上げた人の証明などが必要ですが、舟子さんにはそれがなかった。なので、戸籍に入れるにはいくつかの手続きが要《い》ったと思います。そういう融通を利かしてくれるというか、便宜を図ってくれる知り合いやコネが、実家にはあったんじゃないかしら。それを頼みに行くのと同時に、周囲には子どもが生まれてもおかしくないと思わせるように身を隠していた。その手続きを経て里帆と名付けて届出をしたんでしょうね」

「里帆さんと思われる女性の写真を拝見すると、末彦さんに似ていると思ったのですが……」

「生まれて間もないときから、一緒に暮らしていれば、どこか似てくるものです」

鈴江はお茶を一口飲むと、もうひとつ考えられることがあるといった。

茶屋も上等なお茶をいただき、彼女の口が開くのを待った。

「ただわたし……邪推っていう言葉は嫌いですけど、もしかしたらって考えると、あたっているような気がします」

　彼女は思わせぶりなことをいって、眉間《みけん》に皺を寄せた。

「もうひとつとおっしゃいますと」

　茶屋は答えを催促した。

「庭に置き去りにされた赤ちゃんは、末彦さんの婚外子ではないかと」

「なるほど。考えられますね。末彦さんの子を出産した女性には、育てられない事情があった。あるいは末彦さんはその女性と縁を切るようなことをした。女性は自分が歩いていく道に子どもは邪魔だった」

　そういった茶屋を鈴江はにらんだ。ふと嫌悪感が湧《わ》いたのではないか。

　糸島末彦がよその女性に産ませた子ではという見方は、あたっていそうな気がした。里帆が彼の子ならば似ているのは当たり前だ。

　舟子は、初めて赤ん坊を抱き上げたとき、夫の子ではと推測したような気がするし、そう夫にいったような気もする。夫は否定したかもしれない。彼女は子どもが欲しかったので育てることを決心した。舟子との間の子ではないと邪推する向きもあるだろうから、どうしても自分が産んだ子にしたかったのではないか、と鈴江はいった。

「糸島さんが転居する前から、里帆さんは別居していたようですが、その理由をご存じですか」

茶屋は訊いたが、そこまでは知らないと鈴江はいった。

「わたしは、糸島さんが引っ越しされたのを知らなかったんです。古賀さんから聞いてそれを知ったんです。大きな持ち家があるのにどうしてなのかと思いました。古賀さんから、引っ越しの前から里帆さんは一緒に住んでいなかったらしいと聞いて、それもどうしてなのかと思いました。……わたしがであい橋の上で里帆さんを見掛けたとき、逃げるように去っていったことと、ご両親と別居していたこととは、なにか関係があるんじゃないでしょうか。舟子さんも亡くなったというし、不幸つづきのような気がします」

茶屋は里帆の友だちをさがしたくなった。それをいうと鈴江は、古賀の妻が一人ぐらいは知っているのではないかといった。

［清川不動産］へいくと、古賀は来客用のソファにすわって一人将棋を指していた。彼にとっては店がいちばん落ち着ける場所なのか。将棋盤の横には湯呑みが一組置かれていたので、来客があったのだろう。

「私は、将棋だけはダメだ。三番指したが三番とも負けた」

古賀は悔しそうな顔をして駒を函《はこ》に収めた。将棋以外なにに強いのか、茶屋は訊かなかった。

糸島里帆の友だちか学校で同級生だった人を知っているかというと、古賀は妻を呼んだ。妻は、はずしたエプロンをつかんで出てきた。

「子どものころ、肉屋の野中《のなか》さんの娘さんが遊びにきていました。里帆ちゃんとはたしか高校も一緒でした」

［野中肉店］は二〇〇メートルほど北だと教えられた。

茶屋は、蒲地鈴江から意外な話を聞いてきたといった。

「意外って、どんなことですの」

古賀の妻はエプロンを結び直した。

茶屋は、里帆の出生に関する噂について話した。

「二十五、六年前のことですね。朝早く散歩していた近所の人が、糸島末彦さんの家の庭から赤ん坊の泣き声がしていたという話、わたしも噂を聞いたので憶えています」

「舟子さんは、自宅の庭に置き去りにされた女の赤ちゃんを抱いて、実家か、あるいはべつの場所かへいき、半年ぐらい経《た》ってから帰ってきたのではないかと。会う人には自分が産んだ子だといったそうですが」

「そうでした。思い出しました。舟子さんはお腹が大きくもなかったんです。近所の人が赤ん坊の声を聴いたといった後、しばらく姿を見掛けなくなりました。舟子さんが産んだといったのが里帆ちゃんです。人さまの戸籍謄本《とうほん》を見るわけにはいきませんが、里帆ちゃんは実子として育てられたと思っていました」

茶屋にとっては、里帆がもらいっ子でも実子でもかまわなかった。里帆が、自宅の庭に置き去りにされた子であるかもしれないことと、彼女の父親である末彦の行方不明に、関係があるのかどうかが肝心なのだ。

舟子の実家はどこかと訊くと、佐賀県神埼《かんざき》郡吉野《よしの》ヶ《が》里町《りちょう》だという。福岡市の南隣だ。

「舟子さんの実家の方々は、糸島さん宅を訪ねてきていましたか」

「どうだったでしょうか。わたしは見掛けたことはありません」

糸島末彦と舟子は、近所の人たちと深く交流するという夫婦ではなかったようだ。

「舟子さんは、社交的でない人だったんですね」

「そうでした。あまり外を出歩かず、編み物をしたり、本を読んだりしていたようです。警察官の妻を自覚していたのか、よけいなことを口に出さないし、暮らしぶりも質素でした」

そういう人が、棄てられた子を自分が産んだ子にするような奮闘をしただろうか。

2

　茶屋は、野中という肉屋の蕗子《ふきこ》という娘に会いにいく途中、アイスクリームの店へ入った。なぜか無性《むしょう》にアイスを食べたくなったのだ。アイスといえばハルマキだ。彼女はしょっちゅうアイスを買って出勤する。二個買ってきて、一つをサヨコに分けるのだが、サヨコは『要らない』という日がある。そうするとハルマキは二つとも衝立《ついたて》の陰で食べる。真冬でも食べる。彼女のいちばんのお気に入りは、北海道函館《はこだて》の［みるみる牧場から直行便できた］紺《こん》色カップ。それが手に入ると茶屋にもお裾分《すそわ》けがある。

　［野中肉店］ではコロッケを揚げていた。ぽつりぽつりとコロッケを買う客がくる。夫婦でやっているが昼どきには客が並ぶようだ。

「蕗子は嫁にいきました」

　母親がいった。糸島里帆のことを蕗子に訊きたいのでといって、住所を訊いた。

「［博多座］を知っていますか」

　前を通った記憶があるというと、下川端町《しもかわばたまち》だと教えられた。

「住所は上呉服町《かみごふくまち》ですが、博多座の並びに［コブタリアン］というレストランがあります。蕗子はその店のオーナーと結婚して店に出ています。お昼は忙しいので、午後二時すぎなら会えると思います。流行《はや》っている店なんですよ」

母親はそういってから、里帆は家族と遠方へ引っ越したらしいといった。

茶屋は、そのとおりだといって頭を下げた。コロッケを揚げる油の匂いが着衣にしみ込みそうな気がした。


那珂川に架《か》かる柳橋を渡っているうち、ふと思いついたことがあって、渋谷の藤本弁護士事務所に電話した。いま福岡市にいるのだが、ある人の公簿を見たいので、提携している弁護士がいたら紹介してほしいといった。電話に出た女性職員は傍《かたわ》らの人と話していたが、

「博多区役所近くの筑紫《ちくし》法律事務所とはたびたび連絡を取り合っています。所長の三池《みいけ》先生とうちの藤本とは、司法研修所で同期だったということです。三池先生は上京なさると、かならずうちへ寄ってくださいます」

といって、電話番号を教えてくれた。

茶屋は筑紫法律事務所に電話して、糸島里帆の現住所、糸島末彦の戸籍謄本記載事項を知りたいといった。

「きょうじゅうに調べておきますので、午後五時ごろお電話ください」

職員は歯切れのいい応答をした。


那珂川右岸の白いレストランの二階でゆっくり食事をした。眼下のどちらへ流れているのか分からない川を、荷物を山積みにした船が走っていった。船尾に白い帽子の人が乗っていた。現在も水運は行われているらしい。船は左のほうへ去っていったから上流へ向かったようだ。しばらくすると手漕《てこ》ぎのボートが上流から滑ってきた。陽焼《ひや》けした男が日傘の人を乗せていた。日傘に隠れているのは女性だろうが、下半身しか見えなかった。

大劇場「博多座」並びの「コブタリアン」を訪ねると、十九か二十歳《はたち》ではと思われる女性が出てきた。蕗子さんに会いたいというと、「店長」と奥へ声を掛けた。

色白小太りの女性が出てきて、白い帽子を脱ぎ、立花《たちばな》蕗子だと名乗った。茶屋は名刺を渡して、糸島里帆について訊きたいことがあると告げた。

「里帆のこと」

蕗子はつぶやくと調理場の奥の円《まる》テーブルのある部屋へ招いた。壁には調理服が吊《つ》り下がっていた。

「茶屋次郎さんて、なにかでお名前を見たような気がしますが」

蕗子は茶屋の名刺を見直した。名刺には肩書きがなく、事務所の住所に電話番号にメールアドレスだけが刷《す》ってある。

「ものを書いていますので、雑誌か、書店の棚に並んでいる本を……」

「あ、思い出しました。どこかのラブホテルが火事になって、お母さんが焼死体で見つかった。火事は娘の放火だったんじゃと疑われた。それを書いた人が……」

彼女は目を丸くしたが、すっくと椅子《いす》を立つと部屋を出ていった。

彼女がいいかけた話の舞台は広島だ。彼女はそれが掲載された雑誌をさがしにいったのではないかと思っていたら、光った丸盆に水とコーヒーをのせてもどってきた。

「最近、里帆さんにお会いになりましたか」

茶屋は、ふっくらと丸い頬に手をやっている蕗子に訊いた。

「三年以上会っていません。どうしているのかって、ときどき思い出します」

三年ほど前、里帆に電話したところ、電波が繋がらないところにいるか、携帯の電源が切られていた。次に掛けると使われていない番号というコールが流れた。

「仲よしだった人の電話が通じない。わたしが里帆の気に入らないことをいったりした憶えもないのにです。里帆の身になにかあったにちがいないと思いましたから、彼女が住んでいたところへいってみました」

そこは博多区千代《ちよ》といって御笠川の近くだった。ところが里帆は引っ越していた。転居先を家主に訊いたが知らないといわれたという。

「里帆さんは、ご両親が引っ越しされる前に、ご両親とは別居なさっていたということですが」

「そうです。三人暮らしには贅沢《ぜいたく》なほど大きな家に住んでいたのに」

「別居なさった理由をご存じですか」

「知りません。両親と不仲になったのか……。その理由まではわたしに話してくれませんでした」

「別居したあとどうされていたのかは」

「学校はつづけているといっていました。彼女は、映画かテレビドラマ、あるいはドキュメンタリーのつくり手を目指していました。その勉強をいまもつづけているのかどうか、消息はさっぱり伝わってきません」

蕗子以外に里帆が親しくしていた人を知っているかと訊くと、電話が通じなくなった直後、何人かに里帆の消息を尋ねた。里帆の行き先や、電話番号や、転居理由を知っている人はいなかったという。

「思い出したことがあります」

蕗子は胸に両手をあてた。

「里帆が両親と別居したあとだったと思います。刑事さんが二人きて、里帆のことを訊かれました。そのころわたしは、彼女が引っ越した先を知らなかったので、知らないと答えました。刑事さんは恐《こわ》い顔をして、『糸島里帆をかばうのか』といいました。わたしのそばには母がいました。母は刑事さんに、『知らないって正直に答えているじゃないか』って怒鳴《どな》りました。二人は母の剣幕に気圧《けお》されて帰ってしまいました」

「刑事がきたのはその一度だけですか」

「一度だけでした」

なぜ刑事が里帆の居所を尋ねにきたのか。

それは里帆が被《こうむ》った痴漢事件のあとだったにちがいない。警察には被害者の彼女の居所を把握《はあく》しておかなくてはならない事情があったようだ。

里帆が痴漢の被害に遭ったのは六年ほど前である。清川の家を出たのはその直後だったのではないか。転居先は御笠川近くのアパート。そこに三年ばかり住んで、また引っ越した。その転居をさかいに親しかった人たちには住所も教えず、電話番号も変えたようだった。親しかった人と諍《いさか》いを起こしたわけでもなかった。以降、彼女の消息は友だちにも伝わらなくなった。伯父である芳和は里帆が先に東京へいっていたと話していたが、この夕イミングなのだろうか。

「六年ほど前のことですが、里帆さんは事件に遭っています。ご存じですか」

「事件ですって。それは、どんな」

蕗子は目を丸くした。

「痴漢に遭ったんです」

「知りませんでした。恥ずかしいので、いわなかったのかしら。わたしはやられたことがありませんが、高校生のころ、やられた生徒は何人かいました。女性警察官が学校へきて、被害の予防や、被害に遭った場合どうするかなどの指導をされたことがありました。被害に遭った里帆はどうしたんですか」

「警察に訴えたことから、事件は波紋を広げたようです」

「知らなかった。東京にいらっしゃる茶屋さんが、どうしてその事件をご存じなんですか」

彼女は丸い目をしたままいった。

「里帆さんのご両親のことを調べているあいだに、警察に勧めていた方から聞いたんです」

蕗子は上半身を反《そ》らせた。茶屋が博多へやってきた目的を疑いはじめたのではないか。

椅子を立つと茶屋は、里帆のことで思い出したことがあったら連絡してもらいたいといって、頭を下げた。

「茶屋さんは、里帆の事件を調べていらっしゃるんですね。彼女が痴漢の被害に遭ったのは初めて知りましたが、その事件が大きくなったってどういうことですか。もしかして彼女は痴漢に遭っただけではないのでは」

蕗子はいったん立ち上がった茶屋を腰掛けさせた。どうやら彼女は事を中途半端にしておけない質《たち》のようだ。

茶屋は、里帆の父親である糸島末彦の行方をさがしにきたことを、かい摘《つ》まんで話した。

「里帆のお父さんは、警察官でした。まさか、お父さんが警察官だったことと、里帆が痴漢に遭ったこととは関係があったんでしょうか。お父さんは警察を辞《や》めて、お母さんと一緒にどこかへ引っ越しました。それは里帆の事件がからんでいるのでは」

蕗子は瞳を光らせた。

「もしかしたら、そうかも」

「そうかもなんていわないで、まちがいなく里帆の事件に関係がある、とおっしゃってください」

黒白をはっきりさせないと、仕事が手につかないとでもいっているようだ。

茶屋は、まだよく分かっていないので、事件や経緯が明白になったら知らせる、といって立ち上がった。

蕗子は拝《おが》むように手を合わせた。里帆の無事を祈っているのか、それとも花火が中天で開くような事件の展開を期待しているのか。

3

筑紫法律事務所に電話すると歯切れのいい話しかたをする女性職員が応答した。

「申し上げます。糸島里帆の住所は、福岡市中央区清川二丁目です。ですが、三年前の六月から転居先不明となっています。おそらく区役所が送った書類等が届かなかったことで、住んでいないことを確認したのだと思います。世帯主の糸島末彦とその妻である糸島舟子は、山口県岩国市今津町へ転居しています」

彼女は書類をめくるためか言葉を切った。

「戸籍謄本の里帆の欄ですが、父も母も不詳《ふしょう》で、女とあるだけです。つまり糸島末彦、舟子夫婦の実子ではないということです。産みの親の分からない子を育てていたのでしょうか」

戸籍謄本には冷たい文字が打たれているだけだが、その陰には、里帆を自分が産んだ子にしたかった舟子の奮闘の跡が隠されているのではなかろうか。

筑紫法律事務所に調べてもらったことを記録しておく必要があるので、サヨコに電話した。

「あら、先生、お元気ですか」

サヨコが応じた。

「なんだか一年か二年ぶりに電話したみたいじゃないか」

「先生から二日も連絡がないと、遠いところへ流れていって、消息が分からなくなったような気がするもんですから」

「東京から福岡はたしかに遠い」

「福岡なんかじゃなくて、もっともっと遠い南の果《は》てへいってしまったような」

「昼間から夢を見ているようなことをいってるんじゃない」

茶屋は、糸島里帆の現在の居所は不明であること、彼女は糸島夫婦の実子でないことを、記録しておくよう指示した。

「わたし、いま気付いたんですけど、里帆の実親は、彼女に会いたがっているか、彼女を取りもどそうとしたんじゃないでしょうか」

「二十五年も経ったのに」

「いいえ。それを嫌って何年も前から、里帆は住所を不明にしている。糸島夫婦も里帆の実親の追及から逃げるため、岩国へいき、京都へ移ったりしたのでは」

「糸島夫婦は、転居するたびに住所を届けている。逃げるためなら住民登録をしないと思うよ」

「住民登録をしていないと不便なことが起こるからです。それからなにか起きた場合、怪しまれる。……糸島末彦は元警察官だった。いい加減なことをしておけない習慣が身についていたんじゃ」

「そういう人は、病院を抜け出したりしないと思うが」

「奥さんがいなくなったので、箍《たが》がはずれたんです。きっと」

茶屋はホテルにもどった。

「お帰りなさいませ」

日向《ひなた》という女性フロント係がにこりとした。エレベーターの前に立つと茶屋を追いかけるように日向が近づいてきた。

「先ほど、茶屋さまにお会いしたいという方がお見えになりました」

だれかと訊くと、博多署の刑事だという。秋月と松下だろう。刑事には、茶屋はいつまで滞在することになっているのか、彼を訪ねてくる人はいるのかと訊かれたが、訪問そのものについての口どめはされなかったので、と日向はいった。

「いつまで滞在するのかを訊かれて、なんて答えましたか」

「ご予約分の日にちはお伝えしましたが、分かりませんと申し上げました」

ポケットがチリ、チリ、チリ、ジンと鳴った。日向は笑顔のまま去っていった。

電話は、きのう食事を一緒にした内山だった。

「いまどちらですか」

博多のホテルにいると茶屋は答えた。

「茶屋さんは、殺された黒沢と会ったことはないでしょうね」

「ありません」

「捜査本部の刑事に聞いたんですが、黒沢は九月二十二日の午後八時半ごろ、那珂川通の春吉橋近くで、わりに体格のいい男性と立ち話をしていたそうです」

「それを見たのは、黒沢さんを知っている人だったんですね」

「パトロール中の二人の警官です」

男と立ち話している黒沢を見たが声を掛けず通りすぎた。刑事が川沿いの道で立ち話していてもべつに奇異なことではないので、二人はそれを忘れていた。事件発生後まる一日経って、黒沢を見掛けたことを思い出したのだという。

「もしかしたら、黒沢と立ち話をしていたのは、茶屋さんではないかと思いあたったんです」

「二十二日の午後八時半ごろの私は、ホテルにいました。その日の夕方、尾沼新平さんに喫茶店で会いました。一時間半ばかり話して、ホテルにもどったのは七時ごろだったと思います」

「その時間にどこにいたか、誰に会ったかを記録しておくことです」

東京からやってきた茶屋の行動は、黒沢殺し事件の捜査本部に注視されているのではないか。

博多へやってきた茶屋はまず、糸島末彦の兄に会っている。次に尾沼新平に会った。そして内山哲治にも。糸島が定年を待たずに警察を退職した経緯を、元警察官の尾沼と内山に聞いている。それに黒沢が被害に遭ったと思われる中洲を何度も歩いていた。灰色のメガネで見れば茶屋の行動はなにもかも怪しいのだろう。

十階の部屋へ入った。と、部屋の電話が鳴った。フロントからで、またも茶屋に会いたい人が訪れたという。瞬間的に牧村ではないかと思った。彼はきのうの朝チェックアウトしたが、どうしても東京へ帰りたくなくて、市内のどこかで一泊した。ネオンが光りはじめると女性のいる店で飲みたくなる。博多には茶屋がいるのだから飲食に誘わない手はない。独りで飲むより茶屋をコケにして飲むほうが楽しいのだ。

茶屋の勘ははずれて、会いにきたのは博多署の刑事だった。

「ご用はなんですか」

茶屋は、電話に出た秋月刑事にいった。

「あなたはいま暇なんでしょ」

「私が、暇なんて」

茶屋は原稿を書くという仕事を背負《せお》っているのだ。

茶屋は下りていった。秋月と松下はロビーに立っていた。意地悪をしにやってきたように見えた。

ロビーのソファへは茶屋が先に腰掛けた。

「用件を早くおっしゃってください」

茶屋は二人に椅子に腰掛けるよう目で促《うなが》した。

「茶屋さんは、二十二日の夜、中洲にいましたね」

捜査本部はやはり茶屋に疑いを抱《いだ》いているようだ。

「二十二日には、中洲へいっていません」

「おかしいな。二十二日の夜、春吉橋の近くにいるあなたを、見た人がいるんです」

「私を見たといったのは、だれですか。私は博多に住んでいる者じゃないので、親しい人はいません。春吉橋の近くというが、そこは薄暗がりでしょう。そういう場所で私を見たなんて、つくり話です。……もしも私が春吉橋の近くにいたとしたら、どういうことになるんですか」

「あなたは、黒沢を知っていましたか」

「報道で初めてお名前を知りました」

秋月も松下も、黒い表紙のノートにペンを走らせた。先日も同じ話をしているのに、ご苦労なことである。

「博多へきて、毎日、なにをしているんですか」

「だから、仕事をしているんです。端《はた》から見たら私はぶらぶらしているように見えるのでしょうが、川沿いを歩いて、そこに住んでいる人びとのいとなみを観察したり。……今回は行方不明になっている人の捜索という、重要な頼まれごとも担っています。それはきのうの朝も話しましたよね」

秋月は、じっと茶屋をにらんでいたが、行方不明者について分かったことがあるのかと訊いた。

「少し分かってきました」

茶屋は、拇指《おやゆび》と人差し指で空気をはさんだ。

秋月は、どんなことが分かってきたのかと訊いた。

「それは申し上げられません」

「なぜ」

「あなた方が警察官だから」

二人の刑事は顔を見合わせた。

「茶屋さんと話していると、なんかこう苛《いら》ついてくるんです」

秋月は甲高《かんだか》い声を出して首を搔《か》いた。

「思いどおりの答えが聞けないということですか」

「そう。こっちが逆に肚《はら》をさぐられているような気分になる」

「そうでしょうね。私は刑事さんのほんとうの目的を知りたいと思っていますので」

「ほんとうの目的……」

「私は、糸島末彦さんの行方を追っています。なぜ彼が、清川の家を手放し、定年の一年前に退職して転居したのか。その理由がほのかに見えてきました。警察は、その理由を知られたくないのではと疑うようになったんです」

「あなたに疑われるような理由はないはずです」

秋月は、ぱちっとノートを閉じると立ち上がった。松下はあわててノートをポケットにしまった。

4

朝食のレストランで針のような細い雨を見ていた。きょうは九月二十六日。けさは季節の変わりめを感じるような肌寒さを覚え、長袖《ながそで》シャツを着た。いつものロールパンとはちみつのカップをトレーにのせ、和食コーナーで見つけたカマボコと、厚いコンブの佃煮《つくだに》を皿に盛った。

電話が入ったので衝立の陰に隠れた。

「立花です」と女性にいわれたがだれだったか思い出せずにいると、「きのう、「コブタリアン」でお会いした立花蕗子です」といわれ、きのうの礼をいった。

「茶屋さんから里帆の話を聞いてから、彼女のことをずっと考えていました。わたしは里帆が住んでいた御笠川の近くのアパートへいったことがありました。そのとき、里帆の友だちだという稲《いね》さんという女性が遊びにきていました。歳は私たちよりいくつか上でした。私もその稲さんと仲良くなって、中洲の料理屋さんでばったり会ったこともありましたし、今年の一月だったと思いますけど、三人連れでたまたまうちの店へきてくださったんです。彼女は、［コブタリアン］にわたしがいたので、びっくりしていました。わたしは店のオーナーのところへお嫁にきたのだと話しました。稲さんは水商売の人で、中洲で働いているんです。わたしよりも稲さんのほうが、里帆のことに通じているんじゃないかと思います」

蕗子は、きのうはなぜ稲のことを思い出さなかったのかと反省するようなことをいった。

茶屋は、その稲という女性に会ってみたいが、連絡先を知っているかと訊いた。

「私は知りませんが、中洲にある料理屋さんなら、稲さんが働いているお店が分かるんじゃないでしょうか」

その料理屋を訊くと［魚々勘］という店だという。女のように白い顔と科《しな》をつくって喋る店員の顔と姿が浮かんだ。

［魚々勘］なら知っているというと、

「茶屋さんは東京の方なのに、中洲の店をご存じなんですね」

「知っているのは、その店だけです。何度か食事をしましたので」

蕗子は、稲に会えたら結果を知らせてほしいといった。


きょうは夕方まで原稿書きにあてることにした。

糸島末彦の妻舟子は、自宅の庭に置き去りにされていた赤ん坊を抱き上げたとき、この子が自分が産んだ子だったらと、顔をまじまじと見つめていたことだろう。そして思い立つと、赤ん坊を抱いて自宅を出た。何か月かを実家、あるいはべつの場所かもしれないが、そこで一定期間をすごして、もどった。その間に、棄てられていた子を自分が産んだ子にするための奮闘をした。その努力が実って、戸籍謄本には、「末彦、舟子の長女」と記載されているものと茶屋は想像していたのだが、里帆は、両親が不詳の子となっていた。そのことで、『ある朝早く、散歩中の近所の人が、糸島家の庭で赤ん坊の泣き声を聴いた』という噂は、事実だったように思われた。舟子が産んだ子のことは、一時近所で噂になった。だれかが噂を流したにちがいない、と茶屋は書いた。

電話が入った。

「こんにちは」

牧村の声だ。

「あんたは、いまどこにいるの」

茶屋が訊いた。

「私は会社です。勤勉な者に向かって、どこにいるのかなんて。定期刊行物の編集者というのは、世のなかで最も勤勉な者にしか務まらない仕事なんです。三十八度の熱があっても、キリキリとお腹が痛んでいても……」

「あんたには、子どもが二人いるよね」

「ええ。中学生と小学生」

「子どもが産まれたときは、どこにいた」

「最初の子が産まれそうだと聞いた日は、家内を病院へ連れていき……。なんでそんなことをお訊きになるんです。それより、先生はいまどこに」

「相変わらず博多。きょうは夕方から忙しくなりそうなんだ」

「夕方から、忙しくなる。飲み食いじゃないでしょうね」

「聞き込みだよ、聞き込み」

牧村は、「なんだつまらない」とでもいうふうに、「じゃ、また」といって電話を切った。

正午をすぎた。深美が電話をよこした。

「糸島さんのこと、なにか分かりましたか」

彼女が最も気がかりなのは、糸島の行方なのだ。茶屋は、糸島が博多をはなれたのは複雑な事情がからんでいるようだと話した。

「わたしはゆうべ、糸島さんの夢を見ました」

「ほう。どんな夢」

「わたしと二人で歩いていたら、糸島さんが倒れました。わたしたちが歩いていたところには、家もないし、人もいませんでした。わたしは途方に暮れ、彼を道に残して歩き出しました。振り返ると、彼がいなくなっていました」

深美は糸島を呼んだ。そこで目を醒《さ》ましたという。彼女にとっては不吉な夢だったにちがいない。

「先生はいつ東京に帰ってきますか」

きょう会うつもりの稲という人の話しだいでは、どこをどう歩くか分からない。それをいうと深美は、

「わたしがそっちへいきましょうか。独りより二人のほうが、なにかにつけ便利だと思いますので」

茶屋は、そうとも思えないので、糸島親子の関係者に会っているだけだからと、曖昧《あいまい》ないいかたをした。

「わたしがお願いしたばかりに、先生はお仕事が手につかなくなってしまいましたね。申し訳なくて、どうしたらいいかって悩んでいます」

「私のことは心配しなくていい。それより、糸島さんのことで思い出したことがあったら、知らせてください」

茶屋は、「女性サンデー」の名川シリーズにこのいきさつを書くことを深美にはいわなかった。


午後五時に「魚々勘」に着いた。

「いらっしゃい」

色白は赤い襷《たすき》を掛けていた。

「きょうは、何人」

茶屋は人差し指を頰の前に出した。

「あんたに訊きたいことがあってきたんだ」

「なんでしょう。いってみて」

「稲さんという名の女性を知っていますね。どこの店の人なのか知りたいんです」

「いい女だっていう噂を耳に入れて、会ってみる気になったのね」

「いや、稲さんという人の友だちのことを訊きたいんです」

「稲さんはね」

色白はいいかけたが、まあ一杯飲んでからといって、茶屋を腰掛けさせた。

茶屋はなにも頼まなかったが、生ビールのジョッキが置かれた。

「稲さんはね、中洲交番の左手のビルの「リスボン」ていうクラブの人なの。若いけどチイママをやってる。フルネームは美田村《みたむら》稲。きょうあたり、お客さんを連れてここへくるかも。今夜は「リスボン」で飲んだら」

「「リスボン」の開店は午後六時半。稲が出てくるのは七時半ごろだという。

「私は飯田三郎《いいださぶろう》。中洲ではさぶとかさぶちゃんて呼ばれているの。憶えといてね」

さぶは、縞《しま》の半纏《はんてん》の襟《えり》に手をやった。

稲が出勤するまでには間があるので、とさぶにいわれて衝立で仕切られた席にすわった。

「新しいメニューなの」

さぶがそういって出したのは、タコ焼き風のポテトだった。

「稲さんと込み入った話なら、ここへきてもらうことにしたら」

「そのほうがありがたい」

さぶはうなずくと奥へ消えた。彼は稲の連絡先を知っているらしい。


稲は七時前に魚々勘へやってきた。身長は一六〇センチぐらい。タマゴ型の顔の頬はふっくらしていて、日ごろ手入れが行き届いているのか張りのある肌には艶《つや》があった。薄地の水色のシャツに細身の黒いパンツ。たぶん店で着替えをするのだろう。ネイルアートは水色だ。人差し指にはダイヤのような小さな粒が輝いている。

「さっき電話で、さぶちゃんから、茶屋さんのことを聞きました。いいお仕事をなさっていらっしゃるんですね」

彼女は和紙の名刺を出した。女性向けの小振りのものではなく、普通サイズだ。

茶屋の名刺を受け取ると、彼女はそれをじっと見ていた。茶屋の作品について話さないところをみると、読んだことはないようだ。

「ええまあ、あちらこちらを飛びまわっています」

なにか飲むかと茶屋が訊くと、

「ビールをいただきます」

さぶが稲に料理の注文を訊いた。が、彼女は「なにも要らない」というように手を振った。

ビールが届いたところで本題に入った。茶屋が、糸島里帆のことを訊きたいといったのである。

「里帆ちゃんからは、まったく連絡がないけど、どこでなにをしているんでしょう」

どのぐらい前から連絡がないのかを訊くと、三年ぐらいになるといった。

里帆は十九歳のとき、アルバイトをしたいといって「リスボン」へ面接にやってきた。大学生ということだった。ママとマネージャーが会って、採用することにした。背は高いほうだし、器量はととのっていた。ただ冷たい印象があるので、ママは笑顔をつくるようにと教えた。里帆は、夜間大学の休みに合わせ週に三日出勤した。客を何人も持っている稲のヘルプとして、午後七時半から十一時半まで働いた。

里帆は愛想《あいそ》はよくないが客には好かれ、三年ばかり勤めた。彼女を気に入って通ってくる客もいたが、勉強に集中したいというようなことをいって辞めた。

「里帆ちゃんは博多生まれといっていましたけど、親の話は一回も聞いたことはありません。両親ともいないのではと、わたしは想像したものです。わたしは里帆ちゃんを好きだったので、日曜にはよく食事に誘いました。彼女は料理の種類をあまり知らず、わたしがオーダーする物を、どれも『初めて、初めて』といって食べていました。わたしは二、三回しか着なかった服を何着も彼女にあげました。彼女はよろこんで、すぐにそれを着ていました。わたしは里帆ちゃんのことを妹のように思っていましたのに……」

里帆が「リスボン」を辞めて何か月かのち、彼女に電話をしたらつながらなかった。彼女の身に重大なことが起こったのではと気がかりになった。その後も、里帆からは連絡がないという。

「茶屋さんは、里帆ちゃんが住んでいるところをさがしていらっしゃるんですね。それはどうしてですか」

稲はビールを飲むたび口にハンカチをあてた。

茶屋は、里帆の父親の行方をさがしている。里帆に会うことができれば父親の居所も分かるような気がするのだといった。

5

茶屋はホテルへもどった。美田村稲とは小一時間会っていたが、彼女は「リスボン」で飲んでくれとはいわなかった。毎晩、常連客で一杯になる店なのではないか。

ロビーを横切ってエレベーターへ向かいかけると、黒っぽいスーツの男が二人、ソファから立ち上がって、茶屋の進路をふさいだ。

「茶屋次郎さんですね」

口のまわりを無精髭《ぶしょうひげ》が囲んでいるほうがいって、身分証を見せた。筑紫野《ちくしの》警察署の馬《うま》路と野毛《のげ》だと名乗った。二人とも四十代前半といった歳格好だ。

「九月二十三日に、あなたは太宰府にいましたね」

「太宰府へはいきましたが、二十三日だったかどうか」

茶屋はショルダーバッグからノートを取り出した。

「何日も経っていないのに、憶えていないんですか」

馬路は目が細い。そこが意地悪そうに見えるが、見掛けだけでなくほんとうに意地が悪いのではないか。

「確認するんです。なんのために、私が太宰府へいった日をお訊きになるんですか」

「私たちは事件を調べています」

「事件。どんな」

「私の訊いたことに答えてください」

「たしかに、九月二十三日に、私は太宰府天満宮を参詣《さんけい》しました」

「訊きたいことが、沢山あるので、署へ同行願います」

「訊きたいこととは、なんですか。私は太宰府天満宮に参っただけですが」

「器物損壊の疑いがある。憶えがあるでしょ」

破損させた器物とは、いったいなになのかを訊いた。

「とにかく署へいっていただきます。詳しいことはそこで説明しますので」

野毛が茶屋の片腕をつかんだ。フロントでは二人の従業員が男たちに連れ去られていく茶屋をじっと見ている。ホテルの玄関横には灰色の車がとまっていた。運転席にいた若い男が降りて、ドアを開けた。

車は猛スピードで走りはじめた。茶屋は二人の刑事を観察した。二人とも押し黙っている。刑事たちはだれかから、茶屋次郎を連れてこいと命じられたにちがいない。さっき身分証をちらりと見せたが、それは偽物で、彼らは警察官ではないのではという気もした。

胸苦しさを覚えた。車は信号でとまるが、再び弾丸のように走りはじめる。茶屋は、夢ではと腿《もも》をつねってみた。

筑紫野署に着くと、煌々《こうこう》と電灯が点《つ》く部屋で、氏名、住所、生年月日、職業を訊かれ、身長、体重を測られ、指紋を採《と》られ、写真を撮られたあと、取調室へ入れられた。この上ない屈辱を受けている気がして、椅子の脚を蹴った。

顎《あご》が尖っていて頭の生《は》えぎわが後退している淀川《よどがわ》という男が、茶屋の正面へ腰掛けた。馬路と野毛は淀川の両側に立った。なんだか仰々《ぎょうぎょう》しい。重大事件の容疑者を取り調べるようではないか。

「太宰府天満宮で、なぜあんなことをしたんです」

淀川が切り出した。

「あんなことって、なんのこと」

茶屋は淀川の顔を見すえた。

「とぼけるんですか。それとも忘れたのか。忘れたのだとしたら、脳に障害があるとしか思えない。あしたは病院へいって、検査を受けてもらうことにしようか」

「あなた方はなにか勘ちがいをしている。とんでもないまちがいをしているが、それに気付いていない。あなたたちのほうが脳神経外科のお世話になったほうが」

「なんということを。そういうことをいうと、罪がもうひとつ重なりますよ」

「罪とは。私がなにをしたっていうんですか」

「とぼけているようですので、いいましょう。本殿の手前にある御神牛の像のお尻に、ヤスリか金属片のような物で傷をつけた」

それが事実ならたしかに器物損壊だ。

「私は、ヤスリも金属片のような物も持っていない。なにを証拠に私がやったというんですか」

「防犯カメラが、あなたの行動をとらえているんです。……あなたは絵馬堂へ近づくと、いきなり、そこに奉納されていた絵馬の一つを引っ張って引きちぎった」

淀川の右手に立っていた野毛が、写真を二枚テーブルに置いた。一枚は赤黒くつやつやに光った御神牛の尻に斜めに黒い線が一本ついている写真。もう一枚は、いくつも重なっている絵馬の一つの紐《ひも》がだらしなく垂《た》れ下がっている写真。

「御神牛だけでなく、絵馬堂へいって、絵馬まで引きちぎったが、なにか恨《うら》みでもあったんですか。引きちぎった絵馬をどうしたんです。持ち帰ったんですか」

絵馬のいくつかに書かれている願いごとを読んだ記憶はあるが、そのうちの一つを引きちぎったりなどした憶えはない。牛の像にしろ絵馬にしろ、まるで異常者の犯行のようである。茶屋は呆れたような顔を三人の刑事に向けた。

「証拠もないのに、私の犯行にしたい理由があるようですね。どうしてですか」

「観光客にまじって器物にいたずらをする犯罪が各地で起きているが、それはすべてあなたでは。あなたは寺社に対して深い恨みでも持っているんじゃないですか」

茶屋は呆れて返事をしなかった。

三人の刑事は取調室を出ていき、十五、六分してもどると、

「似たような犯行を繰《く》り返すと、今度は帰れなくなりますよ」

と、淀川が立ったままいった。帰ってよろしいといっているのだった。

午後十時をまわっていた。ホテルへ送り届けてくれというと、

「ここへ泊まっていってもいいですよ。ただし朝食はありませんがね」

茶屋は三人をひとにらみして、ゆっくりと椅子を立った。水でもあったら三人の顔にぶっかけてやりたかった。

警察署を出たところでタクシーをつかまえることにした。署の建物を振り向くと、三階の窓の電灯が消えた。灯《あか》りを落とした窓からは署員が、笑って茶屋を見ているような気がした。いつまでも福岡にいないで東京へ帰れといわれているようだった。

御神牛に傷をつけただの、絵馬を引きちぎっただのというのは、茶屋に対する警察の嫌がらせではないか。茶屋は、糸島末彦の行方さがしを第一の目的に博多へやってきたが、彼の娘・里帆の事件を知ることになった。それは六年ほど前の痴漢事件だ。被害者の里帆は男を突き出した。ところが男は、『やっていない』と冤罪《えんざい》を訴えた。それだけではない。彼女を被害妄想《もうそう》とでもいって痛罵《つうば》をあびせたようだ。男は卑怯《ひきょう》なことに身元を偽《いつわ》った。彼女は軽蔑《けいべつ》されたことに腹を立ててさらに抗議の矢を放った。このことは一部のマスコミに

も扱われた。

警察官だった糸島は、定年を待たずに退職したが、どうやらその原因は、娘が被った事件に関係があるようだ。

里帆は事件後、自宅をはなれて独立した。このことも無関係ではなさそうだ。

糸島は退職すると、庭のある広い家を手放して転居した。これも里帆の事件とつながっているのではないか。

と、そういう疑いを持って茶屋が動いていることが、福岡の警察に知られた。調べられたくない事柄があるので、彼を博多から追い出そうとしたように受け取れた。それで筑紫野署に連絡し、太宰府天満宮において器物にいたずらをしたと因縁《いんねん》をつけて取り調べまでした。たいていの人は、突然警察にしょっぴかれたり、取調室に入れられたりしたら、震えあがるか縮《ちぢ》こまる。茶屋も同じで警察の脅《おど》しに屈して、さっさと博多をはなれるだろうと踏んでいるにちがいなかった。

茶屋はタクシーに乗り、ホテルの名を告げたが、筑紫野署の三人の顔が頭から消えず、むしゃくしゃがおさまらないので、「中洲交番の前へ」と行き先を変更した。

「遅くまでご苦労さまです」

運転手は茶屋を警察官だと思い込んだらしく、前を向いたままちょこんと頭を下げた。

茶屋はいずれ、夜のタクシー代を筑紫野署に請求するつもりだ。

スナック「クーカイ」には客が七、八人いた。そのうちの半分は目を瞑《つむ》っている。

「あーら、きょうは遅いじゃないの」

塩辛声《しおからごえ》のママが茶屋の手をにぎった。双子が割れてママをはさんで立った。

「どうしたの。なにがあったの。むずかしい顔をして」

ママは首をかしげた。茶屋の不機嫌が顔に出ているのだ。

カウンターの右奥で、細い顎をしたコがうたいはじめた。夜霧《よぎり》の波止場《はとば》をはなれていく船を恨《うら》んでいる女の歌だ。

この店は他所《よそ》とは一風変わっていて、客には歌をうたわせない。うたっている人はいいが、聴いているほうは耳に栓をしたくなるからだ。それとこの店のホステス全員がプロ顔負けというくらい歌が上手《うま》い。何人かはプロ歌手を目指しているのだという。

水割りを二杯飲むと、筑紫野署の三人の顔が頭から消えた。

長い黒髪のコが、片手で髪をいじりながら真冬の北の漁場をうたった。歌声が腹の底を打った。茶屋はそのコの黒い瞳を見つづけていた。十九か二十歳《はたち》ではなかろうか。

五章　闇の宴《えん》

1

山陽《さんよう》新幹線で新岩国に降りた。博多からは約一時間半。六つ目の駅である。

糸島末彦の公簿で調べた住所は今津町というところだ。タクシーの運転手にその住所をいうと、今津川の近くだろうといわれた。岩国基地とは今津川をへだてているという。

三十分ほどでかつて糸島夫婦が住んでいた家を見つけることができた。平屋の小ぢんまりとした貸し家で、博多で住んでいた家とは比べものにならない。糸島は警察を定年の一年前に辞《や》めたが、落ちぶれての転居ではない。やむをえない事情があってそこに住んだのにちがいないが、当時五十九歳の彼はいったいなにをしていたのだろうか。

家主にあたって、当時の糸島夫婦の暮らしぶりを訊いた。白髪《しらが》のまじった頭の主婦が夫婦を憶《おぼ》えていた。

「ご主人は会社員で、転勤で福岡からきたといっていました。でも、平日に家にいて、庭に生《は》える草をむしったりしていて、会社勤めの方には見えませんでした。入居して何か月かしたころから、奥さんのからだの具合が悪くなって、たびたび病院へいっていました。病院通いのためだったのか、中古の軽乗用車を買って、ご主人が運転して奥さんを連れていっていました」

「奥さんの病気について、何かお訊きになったことがありましたか」

茶屋が訊いた。

「食事を満足に摂《と》れないというようなことを、奥さんはいったことがありましたけど、具体的な病名まで聞いたことはありません。通院するようになってから痩《や》せたようだったので、深刻な病気ではと思っていました」

「訪ねてくる人はいましたか」

「二十歳見当の可愛《かわい》い顔の女性がきているのを、何度か見ました。ご主人は、奥さんとその女性を車に乗せて出掛けることもありました」

「若い女性は、糸島さんの娘さんでは」

「たぶんそうだろうと思いました。地味な服装をしている人でした」

この人では、と茶屋はスマホで里帆の写真を見せたが、主婦の記憶は曖昧《あいまい》なようだった。

糸島夫婦は一年後、転居することを家主に告げた。また転勤になったといったが、普通の会社員らしくない日常を見ていたので、家主は糸島の素性《すじょう》を疑ったといった。

引っ越しの日、中型のコンテナ車がきたが、それに積み込んだ家財はわずかだった。夫婦は軽乗用車で、コンテナ車のあとを追っていった。家主には京都へ移るといったが、詳《くわ》しい住所まではいわなかったという。

錦川に架《か》かる錦帯橋を見にいくつもりだったが、その前に昼食をと入ったそば屋で、テレビのニュースを観て目を丸くした。けさ、福岡市博多区須崎町《すさきまち》で事件が起きていた。刃物で腹を刺されたのが原因で死亡したと思われる男の遺体が発見された。刺されたというのだから殺人事件だ。被害者の身元は発見当初不明だったが、知人によって、博多区吉塚の平泉福八《ひらいずみふくはち》と判明した。平泉は、福岡県警察刑事部の管理官で五十一歳。

きょうの茶屋は、錦帯橋を見物したあと東京へ帰るつもりだったが、テレビニュースを観て予定を変えた。博多へもどることにした。警察職員の殺害された原因を知りたくなった。

茶屋はなんとなく自分の身にも危険が迫ってきているのを感じている。博多署の刑事が訪ねてきて、なにを目的に博多へやってきたのかを訊き、那珂川で起きた黒沢一世殺し事件にかかわっていないかというふうなことをいった。

次は、太宰府天満宮の器物を損壊した疑いがあるといわれて、筑紫野警察署まで連れていかれた。

両署は遠回しに、茶屋に早く東京へ帰れといっているのだった。二度にわたって嫌がらせをすれば、尻尾《しっぽ》を巻いて引き揚げるだろうと踏んでいるらしかった。二度あることは三度ある。三度目には腹に穴があくということなのか。

サヨコが電話をよこした。

「いま、どこにいるんですか」

「岩国」

「そんなところで、なにしてるんですか」

「そんなところなんていうな。博多をはなれた糸島末彦と舟子の夫婦が、約一年間、ひっそりと住んでいたところだ」

「そろそろ、里心《さとごころ》が起きるころでしょうけど、東京へ帰るなんて考えないで」

「なにをいいたい」

「博多の川沿いで、また事件が。その被害者は県警の幹部。なぜ殺《や》られたのかを、いますぐ調べなくちゃ」

「私は……」

警察官ではない、といいかけたが、送話口へ息を吹きかけて電話を切った。

また山陽新幹線で一時間半かけ、博多へもどった。

元警察官の内山哲治に電話して、平泉福八という管理官の遺体が発見されたのはどの辺なのかを訊いた。

「那珂川と博多川が合流する河口に近いところです。近くには中洲を結んでいる大黒《だいこく》橋やいざない橋があります。茶屋さんは現場を見にいかれるんですか」

「どんなところで殺られたのかぐらいは知っておきたいので」

内山には、「気をつけてください」といわれた。

タクシーは、博多駅から港方面へ真《ま》っ直《す》ぐ向かい、広い道路を直角に折れた。

「この辺です」

ドライバーは寺の前でとまった。

寺の角を右に曲がると神社があった。パトカーがとまっていた。黒い車もとまっていた。ナンバーを見ると警察車両だった。道の両側にマンションが建っている住宅街だ。平泉という男の住所ではない。刺されたのはたぶん深夜だろう。彼はなんのためにここにいたのか。

制服警官の姿が見えたので茶屋は引き返すことにした。つかまると面倒だ。また署へ連れていかれるかもしれない。

寺に向かって角を曲がったところで、背後から男の声に呼ばれた。寒気がした。警察官にちがいないと思ったからだ。

「あのう、事件現場を取材にこられた方ですか」

カーキのショルダーバッグにコンパクトカメラを首にぶら下げた色の黒い男が近づいてきた。茶屋と同じ四十代半《なか》ばに見える。

「あなたは」

茶屋が訊いた。

「『福博日日《ふくはくにちにち》』の記者です」

「私はこういう者です」

茶屋は名刺を出した。

「茶屋次郎さんですか。これはこれは」

男も名刺を出した。枝吉国男《えだよしくにお》という名だ。新聞記者が殺人事件現場の近くにいても不思議ではない。

「聞き込みですか」

茶屋は枝吉の浅黒い顔に訊いた。

「ええ。重大事件ですが、警察は被害者がなぜこの辺にいたのかを説明していない。被害者が警察官なので、分かっていることがあっても隠しているんです。茶屋さんは、ここへなんのご用で」

「警察は細かいことを発表しないと思ったので、事件を独自に調べるつもりで、現場がどんなところかだけでもと思いまして」

枝吉はうなずくと、ここから少しはなれようといって袖《そで》を引いた。

二人は二〇〇メートルばかり歩いてカフェへ入った。トーストを焼いている匂《にお》いを嗅《か》ぐと、腹の虫がぐずった。

「茶屋さんは旅行作家ですか。……あ、名川《めいせん》シリーズという、川沿いの事件についての物語をお書きになっていますね」

枝吉は茶屋の作品を読んでいるのだ。

「今回も名川シリーズの取材できました」

「ここで名川とは、どこのことですか」

「那珂川です。中洲という大繁華街を夜な夜《よ》な眺めている大川だと気付いたので、雰囲気を嗅ぐためにやってきたんです」

「そうしたら、殺人事件が起きた。被害者は働き盛りの刑事で、腹に弾丸をくらっていた。警察は身内の者が事件にからむと、分からない、分からないといって、事実を隠す。それならと独自取材に歩く。そうこうするうちに、またも警察官が被害者になるという重大事件が起きた。書き尽くせないほど面白い話が……」

枝吉は、なにも入れないコーヒーを飲み、グラスの水も飲み干した。

茶屋は、粗《あら》っぽい印象のある枝吉を観察した。うまく付き合えば警察が発表しない事実のいくつかをつかみ出せそうな気がした。

「平泉氏が刺されたのは、きのうの深夜のようですが、仕事中ではなかったのでしょうか」

茶屋も氷の浮いた水を飲んだ。

「本部を出たのは、午後六時少しすぎということです。仕事ではなかったでしょう」

「自宅とは方向ちがいのようですね」

「中洲あたりで一杯飲《や》って。それにしても殺られていたところは繁華街からはずれています。深夜、なぜそこにいたのか」

　枝吉はそれを知りたいといっているようだった。

「平泉氏は酒を飲む人だったのでしょうか」

「酒豪というほどではないが、酒は好きなほうということです。たまに同僚と飲《や》ることもあるが、自分の穴場を持っているらしく、独りで飲みにいくようだったといわれていま
す」

「その穴場とやらを知りたいものですね」

　茶屋がつぶやくと枝吉は壁のほうを向いてうなずいた。

　いつの間にか午後六時近くになっていた。これから食事をするが一緒にどうかと茶屋は枝吉を誘った。

「ええ、そうしましょう」

　枝吉はそういってから電話を掛けた。壁に貼り付くような格好をして四、五分話していた。会社のデスクにでも取材内容を伝えたのではないか。

2

茶屋と枝吉は博多川に架かる大黒橋を渡った。そこが中洲中島町《なかしままち》だ。右手に海のように広い川が見えた。那珂川との合流点だ。橋から七、八〇〇メートル先は突堤《とってい》で、博多港と釜山《プサン》行きのフェリーの着く国際ターミナル、それからボートレース場などを眼下に見る博多ポートタワーがあるという。

この川も、どちらに流れているのか水の動きが見えなかった。茶屋が川を眺めているあいだに枝吉は電話を掛けた。話し終えるとタバコに火を点けた。刻々と色を変えている川などには無関心のようである。

「枝吉さんは、糸島末彦という名に記憶がありますか」

茶屋は、鼻から煙を吐いた枝吉に訊いた。

「糸島……。憶えがありませんが、どういう人ですか」

「博多臨港署を最後に退職した警官です。定年は一年後でしたが、突然辞めたということです」

「茶屋さんはどうして、福岡市の一警官のことをご存じなんですか」

「じつは……」

茶屋は、警察を辞めた糸島は清川の大きな家を手放して、岩国へ移り、約一年後に京都に移り、約三年後、東京へ転居した。その間、京都で妻を亡くした。娘が一人いるが、博多に住んでいるときから別居だった。

「糸島という人は、九月初めに倒れ入院していましたが、いまから二週間ほど前、病院からいなくなりました」

「いなくなった……」

「抜け出したんです。私は知り合いからその話を聞いて興味を持ちました。糸島という人は会社員だと話していたが、どうも定職には就《つ》いていなかったようです。公簿をあたってみたら出身地は博多でした。もしかしたら出身地にもどっているのではと思ったのでやってきました。六年前、娘が痴漢《ちかん》の被害に遭《あ》っています。そのことと、糸島が警察を辞めたこととは関係があるんじゃないかと、考えるようになったんです」

「糸島、娘が痴漢に、父親は定年前に退職」

枝吉はタバコを吸った。二度三度首をかしげた後、電話を掛けた。

「そうだ。思い出した」

枝吉は大きくうなずいて電話を切った。

彼は同僚の記者と話していたのだった。

「……あ、思い出しました。うちはその紛争を記事にしなかったけど、『福岡毎夕《ふくおかまいゆう》』は当事者の女性にも会って、記事にしていました」

茶屋は、「福岡毎夕」の記者を知っているかと訊いた。

「知っていますが、その痴漢事件を追いかけたり、記事にしたのがだれだったかは」

分からない、と枝吉はいったが、また電話を掛けた。今度はすぐに切った。会社のデスクが調べて返事をよこすという。

茶屋と枝吉は中洲の［魚々勘］で向かい合った。

きょうも色白のさぶが注文を聞いた。

二人はビールを飲み干し、日本酒にしたところへ枝吉の電話が鳴った。彼はノートにペンを走らせ、さかんに、「そうか、そうか。分かった」と繰《く》り返した。電話を切ると、「うーん」と唸《うな》った。

「いまの電話は『福岡毎夕』の記者からです。うちのデスクが『福岡毎夕』の記者に私に電話するようにいったんです。……例の痴漢事件ですが、被害者は市内清川の糸島里帆で十九歳。福西《ふくせい》大学の夜間学生でした。痴漢の被害に遭った彼女は、加害者とされる男性と複数の駅員とで話し合ったが、埒《らち》が明かなかった。駅員の前へ突き出された男は、行為を認めず、彼女を貶《けな》す言葉を吐いた。男が痴漢行為を認めないまでも謝れば、彼女は渋々ながらも納得して、男をそこまで責めたりはしなかったでしょう。ところが男は暴言を吐いたし、あとで分かったが、駅員に告げた氏名や住所は嘘だった。……彼女は事件発生直後に警察に男の行為を訴えました。そのとき、彼女に対応した警官がおそまつで、彼女の話をよく聞かず、『たいした害ではなかったんだから諦めなさい』というようなことをいった。それを聞いた彼女は、なおむくれて、べつの警官に事情を訴えた。潔癖《けっぺき》で気の強い人なんだね。あらたに彼女の訴えを聞いた警官、それは幹部だったようです。その人は彼女が被害を訴えた駅にも問い合わせて、事実を詳しく調べた。……ここからが問題なんです。幹部は彼女に対して、『お父さんの立場も考えて、事を大きくしないように』と説得した。……「福岡毎夕」の記者は、彼女に会って話を聞いているんです。……『お父さんの立場』という言葉を幹部警官から聞いた彼女は、それを父親に話したでしょう。父親は彼女が警察へ抗議したことを上層部から知らされていた。そして、即日転勤の命令を受けた。当然のことですが、父親は娘の肩を持って、無言のまま辞表を出した。これも上層部の心証を悪くしたようです」

「警察は、上司の命令に従わないと、罰を食いますからね」

茶屋はつぶやきながらメモを取った。里帆に落ち度《おど》はなかったのだろうか。たとえば被害を大袈裟《おおげさ》に表現したとか、相手の容姿や服装を侮辱したなど。

とにかく里帆は、これ以上は両親に迷惑がおよぶと考えて独立したのだろうが、彼女の別居後、両親は家を手放して転居した。これはいったいどういうことか。

清川の家の隣には末彦の兄の芳和が住んでいる。末彦の転居については兄やその家族と話し合いが行われたにちがいない。

「『福岡毎夕』は、その後の里帆と両親を取材しているでしょうか」

茶屋は、酒の酔いで赤黒い顔になった枝吉に訊いた。

「しなかったようです。被害者と加害者の水掛け論を書いただけだったようです」

茶屋はノートを繰っているうち、内山哲治がいったことを思い出した。

「警察官だった人から聞いたことですが、地元紙が里帆に接触して、痴漢の犯人について詳しく訊いていると言っていました。それは『福岡朝夕』だったんですね。そして、里帆の訴えに対して警察は、氏名や住所を偽った犯人を割り出そうとしなかったと書いているそうです」

「そうですか、知りませんでした。『福岡毎夕』の取材も、犯人をさがしあてるまでにはいたらなかったんでしょうね」

茶屋と枝吉の会話は、黒沢一世殺しに及んだ。

「黒沢さんは博多署の生活安全課刑事。平泉さんは県警本部刑事部管理官。一緒に仕事をしたことはあったでしょうか」

　茶屋が訊いた。

「ありました。二年ほど前ですが、中洲のあるクラブのママが、覚醒剤《かくせいざい》を大量に隠し持っていた事件がありました。客から包みをあずかっていたが、それが覚醒剤とは知らなかったといい、包みをあずけた客の名をなかなか明かさなかった。覚醒剤がその店に隠されているのを突きとめるまでに、何日もかかったんですが、その事件の捜査本部に平泉さんと黒沢さんがいたのを、私は何度も見ていました」

「二人を消したのは、同一犯だと思いますか」

「黒沢さんは銃で、平泉さんは刃物で。凶器のちがいから、犯人はべつべつと考えられるでしょうね。……私は、黒沢さんを撃った銃に関心を持っています。彼は防犯担当だったので、ときには暴力団関係者に接触することもあった。それを知っている者が、暴力団関係者の犯行にみせかけて、始末したんじゃないでしょうか。とはいえ、彼は暴力団から恨《うら》まれるような仕事はしていなかったといわれているんです」

「特殊な弾丸《たま》が使われていたと聞いています」

「特殊であれば、その出所《でどころ》は解明されやすいと思われます」

枝吉の赤黒い顔がてかてかと光りはじめた。彼はタイのコブじめを、「旨《うま》い」といって食べていたが、箸《はし》を置いて顔を起こすと、

「茶屋さんは、糸島末彦さんの行方をさがすために博多へおいでになったんでしたね」

茶屋は、そうだとうなずいた。

「そのことと、二人の警官が被害に遭ったこととは無関係ではと思いますが……」

と枝吉はいって、タバコに火を点け、目の前の盃《さかずき》をじっと見ていたが、

「そんなことはないですよね」

と独りごちて、盃をつかんだ。

「なんでしょうか」

「いやあ、ふっと妙なことが頭に浮かんだものですから」

「おっしゃってみてください」

「行方知れずになっている糸島さんですが、じつは博多へきていたらと、ふと。いやいや、そんなことはないですよね」

「黒沢さんと平泉さんの事件にかかわっているのではと……」

「ええ。瞬間的な、とっぴな考えです」

「とっぴではないかも。糸島さんには長年勤めた警察を恨む根拠があります。もしかした

ら勤務中に、黒沢さんと平泉さんに会っているかもしれません」

茶屋はいったが、枝吉の目が細くなった。酔いがまわって眠くなったらしい。

3

糸島末彦は妻とともに約三年間、京都に住んでいた。なぜそこに住んだのか。なにがあってそこでの生活を打ち切り東京へ移ったのか。茶屋はそれを知るために京都へいき、それから東京へ帰るつもりで朝食後から支度《したく》をはじめていた。

思いがけない人から電話が入った。中洲のクラブ［リスボン］の美田村稲が、「おはようございます」といった。彼女は夜の商売だ。午前中ぐらいは寝ているのではないかと思っていたが、

「ゆうべお店へおいでになったお客さまから、里帆ちゃんのことを聞きましたので」

茶屋に知らせることを思い付いたのだという。

「里帆さんの住所でも分かったんですか」

「そうではありません。ゆうべのお客さまはテレビドラマ制作の仕事をなさっています。最近のことですが、東京のなんとかというスタジオで、撮影に立ち合っていたそうです。

そうしたらべつのドラマを撮っているクルーがいて、そのなかに里帆ちゃんを見たそうなんです。彼女は進行担当なのか、さかんにメモを取っていたということです。おたがいに仕事中なので、声は掛けなかったといっていました」

「まちがいなく里帆さんだったでしょうか」

「そのお客さまは、里帆ちゃんが働いているあいだにお店で何度も彼女に会っていましたので、人ちがいではないと思います」

茶屋は稲に、その客が里帆を見たという場所と日時を正確に知りたいといった。

彼女は、客に問い合わせてまた電話するといった。

ホテルのチェックアウトをすませたところへ、稲から電話があった。

「里帆ちゃんを見た場所は、世田谷《せたがや》区の［宝映《ほうえい》スタジオ］の三号館で、それは九月二十二日の午後三時ごろだったということです」

茶屋は稲のいったことをノートに書き取った。


茶屋は一〇日ぶりに事務所へもどった。

「ひゃっ」

ドアを開けるとサヨコが胸に手をあてた。椅子《いす》から立ち上がりかけたハルマキは口を開けた。

「どうしたんだ、二人とも」

「いきなり帰ってきて、びっくりするじゃないですか。帰ってくるんならそうと、連絡してくれなくちゃ」

サヨコは腰掛けたままだ。

ハルマキは小走りに冷蔵庫へ向かった。グラスにリンゴジュースを注ぐと、盆にのせてきて、

「お帰りなさい。お疲れさまでした」

と、にこりとした。

茶屋は［宝映スタジオ］へ電話した。九月二十二日に三号館を使用したクルーを訊いた。

それは［ワンパックテクノ］というプロダクションだと教えられた。その会社の所在地も分かった。赤坂《あかさか》のテレビ局のすぐ近くだ。

ジュースを飲み干すと椅子を立った。

「また出掛けるの。せかせか動いて、怪我なんかしないで」

サヨコは恨めしそうな表情をした。

きょうじゅうに重要なことが分かりそうだといって、事務所を飛び出した。小雨がぱらつくなかでタクシーを拾った。

「ワンパックテクノ」は、わりに大きな書店の隣のビルにあった。その事務所には二十人ぐらいがすわれるテーブルがあったが、パソコンの前にいたのは三人だけだった。

椅子を立った四十歳ぐらいの女性に名刺を渡すと、撮影関係者のある人に会いたいのだと告げた。

「スタッフの方だと思いますが、糸島里帆さんという女性はいらっしゃいますか」

「糸島さん……」

彼女は後ろを向くとパソコンの画面をにらんでいた女性に話し掛けた。二人は二、三分話し合っていたが向き直って、

「当社の社員ではありません。他社の方で記録係をしている女性が、たしか糸島さんという名前だったと思います」

「糸島さんは、いまどちらにいらっしゃるか分かりますか」

担当者が急に訝《いぶか》しむ目を茶屋に向けた。

「彼女の父親が倒れて、行方不明になっていて」

茶屋がことのあらましを説明し、身元を明かすと、納得してくれたのか担当者はスマホ

を手にした。

「撮影現場にいるはずですが、スタッフに問い合わせてみましょうか」

茶屋が頼みます、というと、彼女はそのままスマホで電話をした。「お疲れさま」といって、糸島里帆のことを訊いた。

「そう。ありがとう。雨なの。そっちは寒いの。そう、頑張ってください」

といって切った。

「長野県の白馬《はくば》でテレビドラマを撮っているスタッフのなかに、糸島さんはいるそうです」

撮影隊は、プロデューサー、監督、カメラ、照明、音響、美術などの専門業者が寄せ集められ、その集団で俳優を囲んでいる。里帆はカメラを担当している会社に所属しているという。

「白馬での撮影はいつまでですか」

「二十五日に出発して、十日間の予定です」

きょうは二十八日だ。茶屋は撮影隊が滞在している宿泊場所を尋ねた。「八方《はっぽう》スキー館」というホテルだと分かった。

あす、白馬へいくことにした。里帆に会って父親の末彦が病院を抜け出したことを話す。彼女は父親がどうしているかを知らないような気がする。彼女は、茶屋がなぜ父親の消息をさがしているのかを訊くにちがいない。

茶屋は、午後六時になるのを待って深美に電話した。彼女はすぐに応《こた》えた。

「わたしはきょう、警察へいきました。糸島さんが病院からいなくなったことを話しました。警察では、年配の方と女性警官とが応対してくださり、わたしの話を詳しく聞いてくれました。糸島さんは、どこかで保護されている可能性があるといわれましたし、保護されていれば、会うことができるので、関係筋をさがすといってくださいました」

きょうも彼女の声はかすれ気味で寂《さび》しげだった。茶屋はあす、白馬へ糸島の娘を訪ねると話した。

「糸島さんは、家族のことを話したことはありませんでした。話したくない事情でもあるのではと思ったので、わたしは訊かないことにしていました。お帰りになったら、娘さんがどんな方だったかを、話してください」

彼女は茶屋に会いたいようだった。彼は白馬からもどったら会おうと約束した。


翌朝、新宿を七時三十分に発《た》つ特急列車に乗った。大糸《おおいと》線直通列車は日に何本もない。白馬までは、約四時間の旅だ。北陸《ほくりく》新幹線で東京から長野へ、そこからバスというきかたがあることは分かったが、乗り替えなしでいくほうを選んだ。

久しぶりに駅弁を食べた。自宅から持ってきた朝刊を開いた。福岡市須崎町で発生した警察官殺人事件の続報が載っていた。被害者の平泉福八がなぜ深夜に、被害に遭った場所にいたかが不明と書いてあった。そこは自宅への道筋ではないし、仕事中でもなかったようだ。刺されたのは一か所で、凶器はナイフと判明したという。同じ警察官で銃で撃たれて川へ投げ込まれた黒沢一世の事件との関連が、重要事項として調べられているようだ。

新聞から目をはなすと、左の車窓に南アルプスが連なっていた。甲斐駒ヶ岳《かいこまがたけ》を見て右に目を振ると、八ヶ岳《やつがたけ》が映った。雲が流れていて、山腹の黒い斑《ふ》を動かしていた。

ひと眠りして目を開けると松本《まつもと》が近づいたというアナウンスがあった。新宿から約三時間を要した。松本からは大糸線になって白馬へは約一時間だ。

松本で乗客はどっと降りた。茶屋は左側の席に移った。松本をすぎるとすぐに山脈に近づいた。白馬まではずっと北アルプス南部と後立山《うしろたてやま》を眺めてすすむことになる。右の車窓に映っているのは農村地帯の安曇野《あづみの》だ。遠方に林を背負った美術館らしい建物が見えた。

白馬が近くなった。緑の八方尾根が空を斜めに切っていた。

白馬駅前には登山装備の人が歩道に足を投げ出している。五人いるが一人は女性だった。白馬三山《しろうまさんざん》から唐松岳《からまつだけ》へでも縦走《じゅうそう》して、八方尾根を下ってきたのではないか。

撮影隊のいる場所をタクシーに告げた。ドライバーは無線で道順を問い合わせていた。途中の道路が山崩れで通れなくなっているからだという。

ドライバーは、帽子をかぶり直すと車を出した。

「お客さんは、撮影隊の関係者ですか」

言葉には少しばかり訛《なまり》がある。

「撮影クルーのなかの人を訪ねるんです」

「撮影隊のなかには、有名な俳優がいるそうですね」

「そうですか。私は知らないんだが」

車は傾斜のある山道にかかった。白いしぶきを上げている沢をまたいだ。暗い森林帯に入った。

茶屋は、あっと声を上げた。野生動物の姿をちらりと見たからだ。

「熊かな」

「狐《きつね》じゃないでしょうか」

ドライバーは野生動物を見慣れているようだ。猪《いのしし》に体あたりされた車もあるという。

廃墟《はいきょ》のような小屋があった。突然の雨や雪に遭って危険を感じた場合、避難するところだと教えられた。

伐採《ばっさい》跡のある山を越え、こんもりとした高みに向かったところで、何台もの車両を見つけた。その高みの頂《いただき》付近に撮影隊がいそうだった。まわりを見渡したが人影はない。クルーは高みのどこかだろうとドライバーはいって車を降りた。

正規の径《みち》らしくない急坂を登った。途中からいくつもの足跡を見つけたので、それを辿《たど》った。人声が聴こえ、建物の屋根が見えた。汗をかいた。

撮影はカラマツの疎林《そりん》のなかの小屋の前で行われていた。四十人ぐらいがひとかたまりになっていた。黒い帽子をかぶった太った男が声を張り上げている。長い竿《さお》を持った男が左を向いたり右に竿を伸ばしたりしていた。どうやら撮影中のようだ。茶屋とドライバーは、五、六メートルはなれたところから緊迫した雰囲気の撮影を見ていた。

「オッケィ」

という声で人垣がくずれ、クルーがざわついた。長い竿《さお》を持った男のシャツは汗で色が変わっていた。

くずれた人垣のなかから長身の男が出てきて、モニターをのぞいた。俳優の夏川英成《なつかわひでなり》だった。彼の後ろには北園《きたぞの》みどりがいた。二人とも人気絶頂だ。

黒い帽子の男は監督だろう。監督はカメラの男に近寄って話しはじめた。次の場面の検討をしているようだ。その二人の横でメモを構えている女性がいた。白い帽子《キャップ》を反対向きにかぶっている。二十五、六歳見当だ。この場の代表者は監督だろうと思われたので、茶屋は近寄って、

「糸島里帆さんに会いにきたのですが、よろしいでしょうか」

といった。

監督とカメラマンは丸くした目を茶屋に向けた。茶屋は名乗って、里帆に訊きたいことがあってやってきたことを話した。

打ち合わせをしていた監督とカメラマンの脇に立っていたのが里帆だった。糸島のジャンパーの内ポケットに入っていた写真は、やはり彼女だった。

許しを得て持ち場を離れた彼女は茶屋の名刺を受け取ると、血が引いたような蒼《あお》い顔をしたが、「小屋のなかで」といって帽子を脱いだ。まとめられていた髪が一瞬、顔をおおった。

タクシードライバーは、茶屋の用事がすむのを待っているといった。

小屋のなかは暗かった。里帆は、電灯がないのでといって二か所の窓を開けた。スタッフの持ち物らしいリュックが山積みになっていた。茶屋は彼女に椅子をすすめられた。彼女はひび割れた切り株に腰掛けると、ズボンのポケットからハンカチを取り出した。

4

茶屋は里帆の顔をあらためて見てから、父親の消息を知っているかを尋ねた。

「父とはこの半年ばかり連絡を取り合っていません」

父になにかあったのかというふうに彼女は顔を上げした。

「では、入院されていたこともご存じなかったんですか」

「入院……。知りませんでした。どこか悪いのでしょうか」

茶屋は、末彦が入院したさいの病状を話した。

「何も知りませんでした。わたしは親不孝な娘です」

末彦は快方に向かっていたが、九月十四日の夜、病院を抜け出したことを話した。

「抜け出したとは……」

彼女は、呆れたというように口を開けた。

茶屋はなぜ糸島末彦の居所をさがしはじめることになったかを語った。

大谷深美という二十三歳の女性の話がきっかけになったことを話した。

「最後に父に会ったのは半年ぐらい前です。そのとき父は、若い女性と食事する機会があるといっていました。それを聞いてわたしは、ヘンな人にひっかからないでといいました。すると父は、そういう女性じゃない。生《お》い立ちも変わっているが、話をしていて楽しい人なんだといっていました。その人、二十三歳だとは知りませんでした」

　末彦は、定年の一年前に警察を辞めると、岩国へ移った。その理由を訊こうとしたが、里帆は外の物音と人声を気にした。

「まだあとワンシーンを撮ることになっていますので」

と、腰を浮かせた。

　撮影クルーたちが滞在しているホテルは知っているので、夜、会ってもらえないか、と茶屋がいうと、彼女はうなずいた。

　彼女は立ち上がると、

「わたしがいるところが、よくお分かりになりましたね」

と訊いた。

　茶屋は、博多での人の話がヒントになったのだといった。

「博多で……」

　彼女は小首をかしげた。

タクシードライバーは、草の上にすわって撮影準備を珍しそうに見ていた。初めて見たのだが大がかりなのに驚いたといった。

「俳優はどこに消えたのか、いなくなりました」

「下のほうのバスのなかですよ、きっと」

茶屋とドライバーは斜面を下った。俳優の二人がマイクロバスを降り、小草が生《は》えた斜面を登っていった。

「八方スキー館」に着けてくれというと、

「いまは暇《ひま》な時季ですから、四十人も泊まってくれて、助かっているでしょうね」

雪が積もるのは年末近くだとドライバーはいった。森林帯をすぎたところで下っている三人のハイカーを追い越した。

ホテルは無人の館のように静まり返っていた。フロントのベルを押すとTシャツの若い女性が出てきた。宿泊したいのだと告げると、「ご記入をお願いします」といって宿泊者カードを出した。まるで休業しているのではないかと思うほど物音も人声もしていない。

「お夕食は六時半から、食堂でお願いします。団体さんが入っているので、にぎやかだと思いますが、よろしいでしょうか」

彼女は微笑していった。

「撮影隊のことですね」

「ご存じだったんですか」

茶屋は、撮影現場に行ってきたことを話した。

彼女は茶屋を、撮影隊の関係者とみたようだ。

部屋はなんの飾りもなく簡素だった。窓から八方尾根と薄墨《うすずみ》色の山脈が見えた。残照《ざんしょう》を背中に受けているようだ。茶屋はシングルベッドにごろりと横になった。

糸島里帆にはいくつもの秘密がありそうな気がする。今夜の彼女は、その秘密に触れる話をしてくれるだろうか。

しばらくまどろんで目を開けた。遠くで吹く風のそよぎのような音を聴いていたが、虫の声だと気付いた。ここには秋が深まりつつあるのを感じた。

薄暗くなった窓の下から人声がした。窓辺に寄ると、撮影隊の人たちが到着したのだと分かった。彼らはひと風呂浴びてから食堂へ集まるのではないか。
十五、六分もすると窓の外は暗くなった。人家の灯がぽつりぽつりと点いている。
夕食の支度ができたという電話があった。ホテルというより民宿の風情《ふぜい》があって、あたたかい。

食堂では撮影現場で見た顔がビールを注《つ》ぎ合っていた。里帆はまだきていなかった。見まわすと、一般の客らしいカップルが二組、壁ぎわの席にいた。笑い声がして撮影メンバーの十人ばかりが入ってきた。フロントで会った女性が料理を運んでいた。酒類以外は定食だった。

黒いシャツを着た里帆が入ってきた。彼女は女性三人がいるテーブルについた。茶屋は背を伸ばして里帆を観察した。彼女は笑いながらビールを注がれていた。茶屋もビールを一本だけ飲《や》ることにした。

俳優が入ってきて、監督の正面に腰掛けた。陽焼《ひや》け顔の男が立ち上がると、明日のスケジュールらしいことをメンバーに告げた。「出発は午前七時半」という言葉だけがはっきり聴こえた。

食事を終えた茶屋は、フロントの前で里帆が食堂から出てくるのを待った。彼女は茶屋を見ていたらしく、すぐにやってくると頭を下げた。

「お疲れのところをご免なさい」

茶屋がいうと、彼女は慣れているのでと、首を横に振った。二人はロビーのソファで向かい合った。

「末彦さんの出身地が福岡市だと分かり、あるいは消息が分かるのではと思って清川とい

た。

そこで末彦が警察官だったことと、定年の一年前に突然退職したことを聞いたといっ

うところを訪ねました」

「茶屋さんは、父やわたしのことをお調べのうえでおいでになったのだと思いますが、父の退職の原因はわたしにあります」

「痴漢に遭われたのが原因ですね」

茶屋は、単刀直入にいった。

「そうです。電車内でいたずらされて、やった人に電車を降りてもらいました。降りてもらうさいに、その人と揉めましたので、電車は二分ほど遅れたようです」

「駅務員に訴えたんですね」

「事務室へいって、駅の人に話しました。するとやった人は、『こういう被害妄想女がいるので、こらしめるために私は話をする』と居丈高《いたけだか》ないいかたをしました。それを聞いてわたしはかっとなりました。些細《ささい》なことのようですけど、その人の態度を許せなくなったんです」

彼女は唇を嚙《か》んだ。騒ぎを大きくしてしまったのは自分のせいだといっているように見えた。彼女が警察に駆け込んだことがマスコミに漏《も》れ、取材を受けることにもなったよう

だが、茶屋はそのことには触れなかった。

「あなたの抗議が原因で、お父さんはやむなく退職したのでしょうが、清川の家を手放して岩国へ移られた。なぜ岩国へ転居なさったんですか」

「ある人を追いかけたのだと思います」

「ある人とは……」

「痴漢の犯人だと思います」

「推測のようですね。だれなのかまではっきり分かっていないんですね」

「父は教えてくれません。なぜ転居したのか、その理由もわたしには話してくれません」

「お母さんに、お訊きになりましたか」

「母も話してくれませんでした」

「あなたは、電車内でいたずらをした人が、どこのだれかをご存じですか」

「偽の名前しか知りません。卑怯《ひきよう》な人です。わたしや駅の人をだましたんです」

彼女は顔を起こすと茶屋の背後を光る目で見すえた。

「お父さんは、あなたや駅員をだました男がだれだったかを、知ったのではありませんか」

彼女はその質問には答えず、唇を噛みつづけた。

「ご両親は、岩国から京都へ移られた。どうしてでしょう」

「それも話してくれませんでした」

「お母さんは、京都で亡くなられましたね」

「母は重い病気にかかっていたのに、父も母もそれを私にいいませんでした。いよいよ危ないというとき、父から知らせがありました。入院していた母は、別人ではと思うほどやつれていました」

里帆が駆けつけてから二週間ほどして、舟子は息を引き取ったという。

里帆は、末彦と舟子の実子ではなかったが、茶屋はそれを口には出さなかった。

「よけいなことかもしれませんが、なぜあなたはご両親と一緒に住んでいなかったんですか」

「父から別居するようにといわれたんです」

「それは、あなたが被《こうむ》った事件がきっかけで」

「別居したのは、その出来事の直後です。その前から大阪に本社のある映像プロダクションの仕事をしていました。見習いのアルバイトです。いまと同じで、撮影がはじまると十日も二週間も帰れなくなります。そのためにそのころから近所の人たちには別居と映っていたようです」

中洲のクラブでアルバイトをしていた時期があったことを茶屋がいうと、

「三年ばかりのあいだ水商売を経験しました。昼間に洋服屋で店員をしていたこともあります」

里帆はそういうと、なにかを思い出したらしく、「あっ」といって上を向いた。

「茶屋さんは博多で、美田村さんにお会いになったのでは……」

「会いました。美田村稲さんのことは、立花蕗子さんに聞いたんです」

「蕗子は、立花という姓に変わっているんですか」

「博多座」近くの「コブタリアン」というレストランのオーナーと結婚したのだと話した。

「肉屋の蕗ちゃんが」

里帆は目を細めた。蕗子のことも稲のことも忘れてはいないようだった。

しかし、茶屋は話をその痴漢事件にもどした。加害者は冤罪《えんざい》といって逃げ、氏名、住所を偽《いつわ》った。当然だが職業も明かさなかった。被害者である里帆には偽りをいったが、里帆の主張はいったんは警察が取り上げた。その段階で加害者の氏名は、駅務員の知るところとなったと考えてもおかしくはない。

5

サヨコとハルマキは、テレビドラマの撮影現場のもように興味を持ち、俳優を見たかと茶屋に訊いた。

「夏川英成と北園みどりがいた」

「うわー、すごい。夏川英成はどんな役なんですか」

ハルマキは茶屋のデスクの前へきて訊いた。

「登山中に行方不明になった友人をさがしにきて、山中で同じ人をさがしている北園みどりに出会ったというシーンだった」

「じゃ、二人とも登山者の衣装だったんですね」

「そう。夏川は衣装が板に付いてたけど、北園は似合っていなかった。皺《しわ》ひとつない服は不自然だし、ちょっときれいすぎだったな」

サヨコは、「ふうーん」といってパソコンと会話するように画面に向かった。ハルマキは、俳優の二人がどんなものを食べたか訊いたが、茶屋は見ていなかった、と答えた。

「ダメじゃない、よく見ていなくちゃ」

「私は、俳優を見にいったんじゃない。もともと私は、俳優とかタレントには興味がないんだ」

ハルマキは茶屋をひとにらみして、衝立《ついたて》の向こうへ消えた。

茶屋は二時間ばかり原稿を書いた。ドアに控《ひか》えめのノックがあって大谷深美が入ってきた。「つまらない物ですが」と彼女はいって、菓子折りをハルマキに渡した。「ありがとうございます」といったハルマキは、「お気遣《きづか》いをいただきました」といって菓子折りを茶屋に見せた。なんとなく古風な儀式が執《と》り行われたようであったが、パソコンの前のサヨコは、無感興《むかんきょう》な顔をして深美を見ていた。深美のことを、「いったいどういう女なんだ」といっているようにも見えた。

茶屋は深美にソファをすすめると、白馬の撮影現場とホテルで、糸島里帆に会ったことを話した。

「里帆さんは、飾り気のない、いくぶん野性味のある女性でした」

彼はスマホで撮った現在の里帆の写真を深美に向けた。

「可愛い人ですね」

深美はなにかをさぐるようにじっと見ていった。

茶屋は里帆が、末彦と舟子の実子でないのを話していない。

里帆は末彦と半年ほど連絡を取っていなかったこと、発病して入院していたことも知らなかったこと、ましてや病院を抜け出したあとのことなど、まったく知らないといっていたことを話した。

「里帆さんは、糸島さんの現在の職業を知っていましたか」

深美は、茶屋に真《ま》っ直《す》ぐ顔を向けて訊いた。

「仕事には就いていなかったと思うといっていました」

「無職。東京へは、なにか目的があってきたのでしょうか」

「なにかをさぐっていたようですが、はっきりしたことは分かりません。里帆さんにも分からないようです」

「さぐっていたというと、まるで刑事のようですが」

「刑事でもやれないことをしていたのかもしれません」

深美は、ハルマキの淹《い》れたコーヒーを一口飲むと、「おいしい」といって、ハルマキのほうへ笑顔を向けた。

「警察からは、なにか情報が入りましたか」

末彦の行方についてである。

深美は、なにも連絡がないと、首を横に振った。

彼女は一時間ほどいたが、なにか分かったら知らせてくださいといって椅子を立った。ドアのところで頭を下げた彼女の肩には寒い風がとまっているように見え、茶屋は一緒に歩いてやりたいという思いが頭をよぎった。

月が変わった。茶屋はふたたび博多へ飛んだ。会いたい人がいたからである。

地下鉄空港線の祇園駅を降りた。

ホームで電車を見送った若い男の駅務員に、「秋津秀和《あきつひでかず》さんは事務室ですか」と訊いた。里帆から聞いた氏名である。

駅務員はなぜか茶屋の全身を見るような目つきをしてから、「事務室へお問い合わせください」と答えた。なんだか訊いてはいけないことを訊いたように、その返事の声は冷たかった。

茶屋はいわれるままに事務室のドアを、「ご免ください」といって開けた。四十半《なか》ば見当の太った背の高い男が出てきた。

「秋津さんは、きょうはどちらにいらっしゃいますか」

「あなたは、どういったご関係の方ですか」

茶屋は、秋津に訊きたいことがあってきたのだといった。

太った男は眉間《みけん》に皺《しわ》を寄せると、

「いません」

ぶっきら棒ないいかたをした。

「いないというと、きょうはお休みですか」

「秋津は四年前に亡くなりました」

「亡くなった……」

茶屋は、男の顔をじっと見てから名刺を渡し、秋津にどうしても訊きたいことがあったのだといった。

「高橋《たかはし》」という名札をつけた男は、茶屋の顔と名刺を見比べるようにしてから、「どうぞ、なかへ」と招いた。

電車が近づいたというアナウンスがあって、音を立てて電車が到着した。

「茶屋さんは、秋津とはどういうご関係ですか」

高橋は茶屋の顔をにらんだ。

「お会いしたこともないし、なんの関係もありません。六年ほど前にこの駅で起きた事件について、訊きたいことがありましたので」

「事件……」

「車内での痴漢事件です。憶えていらっしゃいますか」

「痴漢事件は何件も起きていますが」

「十九歳の糸島里帆さんという方が被害に遭った事件です」

高橋は首をひねっていた。茶屋は、加害者が犯行を認めなかったので揉めごとになったようだといった。

「六年前だと私は別の駅に勤めていました。ですが、加害者だといわれた男性が、行為を認めなかったという話を聞いた記憶はあります。茶屋さんは秋津に、なにをお訊きになるおつもりだったんですか」

「被害者と加害者の事件直後のやり取りを知りたかったんです」

「いまごろになって」

「ある出来事のきっかけから、痴漢事件の顚末《てんまつ》を詳しく知りたくなりました。……秋津さんは病気でお亡くなりになったんですか」

高橋は口を固く閉じると、胸で手を合わせた。茶屋の質問にどう答えたものかを考えているようにも見えた。

「秋津は、じつは、事件に遭いました」

「事件に。被害者になったということですか」

「殺されたんです」

「殺された」

茶屋は、眉を寄せ、曇《くも》った高橋の顔を凝視《ぎょうし》した。高橋は秋津の事件を思い出したくないのか、首を横に振った。

電車が何本か入ってきて、ベルとともに滑《すべ》るように出ていった。

数分のあいだ黙っていた高橋だが、息を長く吐くと秋津秀和の事件を話した。

「四年前の、たしか五月です。秋津は独りで、那珂川のであい橋の近くの屋台で、一杯飲《や》っていたんです。野菜の煮物を一口食べたところで、苦しそうに喉《のど》に両手をあてて椅子から倒れたということです。屋台のおやじも、ほかの客もびっくりしたでしょうが、どちらかが一一九番だか一一〇番だかへ通報したんです。救急車が到着したときにはすでに秋津は意識を失っていたということです」

「食べ物に毒物でも」

「そのようです。彼は病院へ運ばれる救急車のなかで亡くなりました。次の日の新聞には、青酸性の毒物が含まれている物を食べたと出ていました。自殺は考えられませんので、だれかが隙を見て毒物を煮物に入れたのではないかと思いました」

「そのとき、屋台には秋津さん以外に客は何人ぐらいいたのでしょうか」

「彼のほかにカップルと男が一人いたと新聞には出ていました。屋台のおやじの証言だったと思います」

「屋台のおやじが毒物を入れたとは考えられませんか」

「おやじの無実はすぐに明らかとなりました。犯人は、客のふりをして、秋津の隙をうかがっていたんじゃないでしょうか」

「秋津さんが倒れたのを見て、その場からはなれた」

「きっとそうでしょう」

「殺人事件ですから、秋津さんの日常について、同僚の方は警察に事情を訊かれたでしょうね」

「何度も訊かれたと思います」

「その事情聴取のなかに、二年前に起きた痴漢事件との関連は含まれていたでしょうか」

「どうでしょうか。私は別の駅に在籍していましたので、詳しいことは分かりません」

秋津が事件に遭った屋台はどうなったかを茶屋は訊いた。

事件をきっかけに評判が悪くなったらしく、何日か後にその屋台のあった場所を見にいったが、店はやっていなかったという。

また、茶屋が参照したいといった事件直後のやり取りは、なぜか保管されていないとのことだった。紛失したのか、それとも何者かによる故意なのか。

午後六時近くになると川沿いに屋台の灯が並びはじめた。福博であい橋近くの屋台をのぞいた。客は入っていなかった。赤い鉢巻きの男が背中を見せて野菜を刻んでいた。

「いらっしゃい」

十人ぐらい入れる店だ。六十代に見えるおやじは独りでやっているらしい。

茶屋がビールを頼むと、すぐにジョッキが出てきた。「明太子《めんたいこ》玉子焼き」というと、「へい」とおやじはいって、客の正体をうかがう目をした。初めての客だと見てとったようだ。

「こちらは、ここで何年もやっていそうですね」

「へえ。来年で二十年になります」

「ほう。じゃ老舗《しにせ》だ」

おやじは、まだまだといって背中を向けた。

明太子玉子焼きは四角い皿で出された。サービスのつもりらしく、じゃこ天が添えられていた。

「以前、ここの近くに「えびしん」という屋台がありましたね」

［えびしん］の名前は駅の高橋に聞いてきたのだ。

おやじの目が光った。

「お客さんは、［えびしん］を知っているんですね」

「いや。事件があったという話を聞いたんです」

「大変な事件でした。あの事件以来一年ぐらいは、まわりの店も客足がぴたっととまって、往生《おうじょう》しました。一年ぐらい経って、事件の噂をする人もいなくなったころから、以前どおりにお客がくるようになりました。……お客さんは、警察の方ですか」

茶屋は、そうではないといい、最近、その事件を人から聞いたので興味を持ったといった。

「なんだか物騒ですね。警察の人が二人も殺されて」

おやじは、黒沢一世と平泉福八の事件を口にした。

「［えびしん］は、店をたたんでしまったんですか」

「事件のあと、一か月ばかり休んでいましたが、一度は再開しました。ところが常連だったお客すら寄りつかなくなった。それでも細ぼそとやっていたが、潮時とでも思ったか、店をたたんでしまいました。円満ないい人だったが、気の毒です。……犯人は捕まっていません」

茶屋は、えびしんをやっていた人の名を訊いた。海老名伸《えびなしん》といって、六十二、三歳ではないかという。住所は清川。

「清川二丁目に「紅雀《べにすずめ》」という喫茶店があります。そこで訊けば伸さんの正確な住所は分かると思います。……お客さんは、「えびしん」の事件に興味を持ったといいましたが、毒を入れた犯人の目星でも……」

「いやいや、そんな目星なんて。被害者は駅員だったそうですね」

「そうでした。だれかに恨まれていたんでしょうか」

若いカップルが入ってきた。男のほうはおやじと顔なじみらしい。二人はハイボールで乾杯するとメニューを話し合った。

六章　管理官の影

1

清川といえば糸島末彦が住んでいた家を思いつく。隣は彼の兄の家だが茶屋はその後の取材を拒否された。

那珂川に架《か》かる柳橋を渡って左折したところでタクシーを降りた。［清川不動産］の前を通過しようとしたら、「茶屋さん」と古賀に呼ばれた。彼は外出からもどってきたところらしかった。

「素通りするなんて、水臭いじゃないですか」

古賀は笑った。

「古賀さんは、［紅雀］という喫茶店をご存じですか」

「この辺で私が知らない店はもぐりです。［紅雀］でどなたかとお会いになるんですか」

「ある人を訪ねるんだが、その人の住所は紅雀で訊《き》くと分かるといわれたんです」

「その人とは、どなたのことですか」

海老名伸といって、四年ぐらい前まで屋台の店をやっていた人。その人に会いにいくつもりだといった。

「海老名さんの家なら私が知っていますよ」

古賀は、約一〇〇メートル先を左に曲がるようにと教えてくれた。古賀は、茶屋が海老名に会う目的を訊かなかった。海老名の前身を知っているはずだから、もしかしたら毒殺事件に関連したことで訪ねるのだろうと勘付いたかもしれない。

海老名の自宅はすぐに分かった。驚いたことに物を叩《たた》く大きな音が外に漏《も》れていた。

玄関へ声を三回掛けた。ショートカットでジーパン姿の女性が出てきた。海老名伸さんに会いたいというと、

「父ですけど、いま急ぎの仕事をやっています」

出直してこいといわれるのかと思ったら、二、三十分待ってもらいたいと彼女はいって、奥へ消えた。するとまた物を叩く音が響いた。

茶屋は次第に小さくなった物音を外で聴きながら待っていた。この家には作業場があっ

て、そこでなにかを組み立てているようだと分かった。

三十分ほど経《た》って玄関の戸が開き、さっきのショートカットの女性が顔を出した。

「仕事は終わりましたけど」

父に会うのかというふうに、茶屋の顔を確かめた。

「夜分にすみません。どうしてもお会いしたいので」

女性は、どうぞと小振りのソファの部屋へ招いた。

身長のわりに顔の大きい男が入ってきた。首に掛けた手拭《てぬぐい》で額《ひたい》を拭《ふ》き、待たせて悪かったといった。

茶屋は訪ねた理由を話した。

「たぶん、屋台をやっていた当時のことを訊きにこられたのだと思いました。事件のあと、新聞や週刊誌の人から、何度も取材を受けましたから」

「そうでしょう。申し訳ありませんが、私も同じことをおうかがいします」

海老名は眉《まゆ》をひそめたが、「どうぞ」といった。

――その事件は五月の雨あがりの日に起きた。

二十日の午後七時半ごろ三人連れが帰ると、常連客の一人である秋津秀和が独りでやってきて、ビールのあと焼 酎《しょうちゅう》の水割りを飲んでいた。山本《やまもと》という男が女性連れでやってきた。五、六年通ってきている常連である。そのあと帽子を目深《まぶか》にかぶってメガネを掛けた一見《いちげん》の男が一人でやってきて、秋津の横にすわり、ビールを注文した。秋津は焼き鳥で二杯目の焼酎を飲《や》っていたが、食い足りないらしく野菜の煮物をと注文した。海老名は温めた煮物を秋津の前へ置いた。彼はレンゲで汁をすくって吸った。と、その直後、目と口を一杯に開け、レンゲを放り出した。両手を喉《のど》にあてた。なにかいおうとしたらしいが声を出せず、椅子《いす》から転げ落ちて、のた打ちまわった。女性客が悲鳴を上げた。山本と帽子の男が立ち上がった。秋津は喉を掻《か》きむしっていた。

『おやじさん。一一九番』

山本が大声を出した。

海老名は動転して一一〇番へ掛けていた。『救急車なら、一一九番へ』といわれたような気がした。

一一九番へは山本が掛け、場所と倒れた客のようすを伝えていた。

パトカーと救急車がほぼ同時に到着した。

意識がなくなっているらしい秋津を救急車が運んでいった。パトカーの警官の連絡で警察の車両が何台もやってきた。秋津が食べようとしていた煮物は警察に押収された。そよ風の吹く夜の那珂川の一角には黒山の人だかりができていた——

「秋津さんの横に腰掛けていた帽子の男はどうしましたか」

　茶屋が訊いた。

「山本さんたちと同じように、椅子から立ち上がったようでしたが、いつの間にか消え、そのあとは姿を見ていません」

「客を装《よそお》ってきて、秋津さんの煮物に、毒物を入れることは可能でしたか」

「私は料理の準備で、しょっちゅうお客に背中を向けていますから」

　秋津は、病院へ運ばれる途中の救急車内で死亡した。その知らせを受けたときを思い出してか、海老名は下唇を噛《か》んで目を瞑《つむ》った。

「帽子の男の特徴を憶《おぼ》えていらっしゃいますか」

「歳は四十ぐらいだったと思います。中肉で身長は一七〇センチぐらい。これといって特徴はない顔でした」

「会話をしましたか」

「いいえ。ビールをといわれただけでした」

　その男が秋津の横に腰掛けていたのは、せいぜい十分ぐらいだという。

「その男は、ビールを飲みきりましたか」

「一口飲んだだけでした」

警察は、その男が一口飲んだグラスも押収したにちがいない。

事件後、海老名は屋台の店を開けることができず、一か月ばかり休んでいた。その後、娘を手伝わせて再開したが、もの好きな客がくるだけで商売は成り立たなかった。二か月ばかりやってみたが、事件の悪評が消えるまでにかなりの月日がかかりそうだと判断して、完全閉店した。

「私は、中学を出ると、指物《さしもの》大工のところへ見習いにいきました。自分から好んでいったわけじゃありません。両親が指物大工と話をつけて見習い奉公をしていたんです。一年ぐらい勤めていましたがそこのおやじのことが嫌いになって、その家を飛び出しました。戸《と》縁《ぶち》を削ったり、障子《しょうじ》の腰板を削るぐらいのことはできましたので、市内の建具屋へいって使ってもらうことにしたんです」

海老名はそこまで話すと、「お茶をいれてくれ」と奥へ声を掛けた。

ショートカットの女性がお茶を運んできた。娘だ、と海老名が紹介した。父娘は目のあたりがよく似ていた。

「出もどりなんです。いい人がいたら紹介してください」

海老名は冗談《じょうだん》のようないいかたをした。

「初めて会った人に、なにをいうの」

娘は父親をにらんだ。

「建具屋には五年ぐらいいましたが、今度は仕事が嫌になってそこを飛び出しました」

「仕事が嫌になると、商売替えをしなくてはなりませんね」

茶屋は海老名の話に調子を合わせた。

「そうなんです。それまで先輩の職人に連れられてときどき居酒屋へいっていました。酒も少しは飲めるようになっていました。居酒屋のカウンターから調理場を見ているうち料理人になりたくなって、建具屋を辞《や》めると、中洲の料理屋へ見習いに入りました。それが屋台を出すきっかけです」

彼は三十三歳で屋台の［えびしん］をオープンした。

「いまから三十年ほど前ですね。［えびしん］さんは繁盛《はんじょう》したのではありませんか」

「十四、五人は入れる店でしたが、毎晩、七時から十時ぐらいまでは満員でした。若い男性と女性を雇って、午前二時ごろまで開けていて、食材が品切れになる日もしょっちゅうありました」

事件後、完全閉店のあとは、どうしたのかを茶屋は訊いた。

「半年はぶらぶらしていました。勤め人が定年退職する歳に近づいていましたけど、どこも悪くないので働かなくちゃあと考えていました。思いついたのが、指物大工と建具屋で習った技術を活《い》かすことでした。さっき茶屋さんは音を聴いていたでしょうが、娘に手伝わせて屋台の組立てをしていたんです。屋台で料理や酒を売るんじゃなくて、屋台の店そのものをつくる仕事を思いついたんです。家の一間を板敷きの作業場にして、以前の知り合いに声を掛けたところ、屋台の修理を頼まれました。屋台改造も、新しい屋台をつくる仕事も入ってきています。屋台の店をやっているあいだは、若いときに身につけた技術が役立つなんて、考えたこともありませんでした」

海老名は、太い指を揉《も》むような手つきをしていたが、いまごろになって秋津の事件をなぜ取材しているのかと訊いた。

「私は、六年前、地下鉄の駅で起きたある揉めごとが尾を引いているんじゃないかと、にらんだのです」

「揉めごとといいますと」

「電車内で、若い女性が痴漢行為を受けました」

「よくある事件ですね」

「被害者の女性は、痴漢《ちかん》行為をした男を電車から降ろして、駅の事務室で話をしました。だが男は濡《ぬ》れ衣《ぎぬ》だといって、行為を認めなかった。それが事のはじまりで、被害者の女性は男の卑怯《ひきょう》を警察に訴えました」

「実際にやられたんなら当然じゃないですか」

海老名はうなずくと、奥へ向かってビールを出してくれと大きな声を掛けた。

娘は、まるで用意がととのっていたように、すぐにビールとグラスを盆にのせてきて、

「はい」といってテーブルに置いた。わたしは忙しいのだといっているように、さっと奥へ引っ込んだ。この家には父親と娘しかいないようである。

海老名が注いでくれたビールはよく冷えていた。

「訴えた女性の父親は、警察官でした。父親は娘のことを上司に報告したと思います」

「そうでしょう」

「ところがその父親は即刻、異動命令を受けたんです」

「ええっ。娘さんの行動が関係しているんですか」

「たぶん関係していたでしょう。異動命令を受けた父親は、その場で退職を願い出ました。定年の一年前のことです」

「痴漢の犯人とされた男は、警察へ出頭したわけではないんですね」

「そうではないと思います」

「警察は加害者の肩を持って、訴えた女性を救おうとはしなかったということですか」

「そのとおりです。女性の訴えを斥《しりぞ》けたい事情があったとしか思えません」

「女性は、二重に辛い思いをしたようなものですね」

「たしかに。……地下鉄の駅で被害女性から訴えを聞いた駅員のうちの一人が秋津秀和さんでした」

「えっ」

海老名はビールに噎《む》せて咳をした。

加害者の男は駅務員に対してでたらめな氏名と住所を述べた。そのことも被害女性の反感を増大させた、と茶屋は話した。

茶屋は里帆から、痴漢行為をした男の年齢を聞いている。彼女は、『三十七、八歳といったところ』と語った。

「事件のあと海老名さんは、警察で何度も訊かれたでしょうが、屋台で秋津さんの横にすわった男の服装を憶えていらっしゃいますね」

「憶えています。帽子の色はベージュで鍔《つば》のあるやつです。スーツは紺《こん》。ワイシャツは白で、ネクタイを締めていませんでした。上着の襟《えり》には社章とかアクセサリーは付けていなかったと思います。帽子を目深にかぶっていたのが不自然でしたね。顔の全体は見えませんでしたが、顎《あご》が四角張っていたのを憶えています」

茶屋は、海老名のいった男の特徴をメモした。

午後十時をすぎた空には星がいくつも見えた。里帆に電話で訊きたいことがあったが、時計を見てやめにした。

2

十月二日。ホテルで朝食を摂《と》ったあと朝刊を開いた。

きのうの夕方、大きめの地震が二か所であり、一か所ではスーパーマーケットの棚の食品が床に散乱したと出ていた。

白馬にいる里帆は、小高い山の撮影現場に着いたころではないか。電話をすると、きょうは八方尾根での撮影があるため、「八方池山荘」へ着いたところだといった。

「それはご苦労さまです。きょうの天候はどうですか」

「薄陽《うすび》が差していますけど、冷たい風が強く吹いています」

ウインドブレーカーの下にセーターを着ているが、それでも寒いという。

「駅員の秋津秀和さんは、亡くなっていました」

「お亡くなりに……。まだお若かったと思いますけど」

四年前の五月、那珂川沿いの屋台で食事中、何者かに毒物を入れられた煮物を食べ、救急車で病院に搬送される途中で息を引き取った、と話した。

「えっ。四年前というとわたしはまだ博多にいました。屋台で食事をしていた人が毒で亡くなったという話を人から聞いたのを、いま思い出しましたけど、亡くなったのが駅員の秋津さんだったとは知りませんでした」

犯人は秋津を殺害するつもりで客を装《よそお》い、屋台の椅子にすわったのだろうと話した。

「あなたは、犯人の顔を憶えていますか」

「会えば分かると思います」

特徴を憶えているかと訊くと、色白で四角ばった顔だったといった。

「犯人に会ったのは一回だけですか」

「そうです」

「会っていた時間は、どのぐらい」

「三十分か四十分でした」

と彼女は答えてから、一時間近くだったかもしれないといい直した。

秋津の事件を扱う捜査本部は、事件の二年ほど前、祇園駅勤務中の秋津が、車内で発生した痴漢事件の仲裁に立ち合ったことをつかまなかったのだろうか。痴漢の訴えは何件もあったため、里帆の事件はまぎれてしまったとも考えられる。あるいは里帆の事件の加害者である男を特定し本名を知ることになったのかもしれない。しかし痴漢行為は里帆の被害妄想《もうそう》で、事実に反していると主張され、それ以上は踏み込まなかったのではないか。

世間では些細《ささい》な出来事だと一蹴《いっしゅう》されそうな痴漢事件の一つだったが、そのことに関連して一人の警察官が職を辞した。被害者の里帆は声高《こわだか》に被害を訴えたが、「実害はないのだから」とか「無傷だから」と、一陣の風にさらわれた紙屑《かみくず》のごとくで見向きもされなくなった。

茶屋は、「福博日日」の枝吉記者に電話し、駅務員秋津の事件を蒸《む》し返す気はないかとつついてみた。

「あの事件は、［えびしん］に対する恨みじゃないかとか、秋津という人は人ちがいで犠牲になったんじゃないかとか、彼の女性関係が原因ではと、いろんな説が出ました。なんとなく不穏な匂《にお》いがしたものですが、捜査本部は士気を失って、縮小されてしまいました。茶屋さんは秋津殺しの犯人に関する手がかりでも」

枝吉は、秋津殺しを追いかけ直す気はないようだ。

「それより」

枝吉は張りのある声を出した。「二十六日の深夜に殺された平泉福八氏が、なぜ現場の近くにいたのかが分かりましたよ」

「ほう。捜査本部がつかんで、発表したんですか」

「うちの記者が嗅《か》ぎつけたんです。捜査本部はそれを隠したかったようですが、我々マスコミを仰え込むことができなかったんです」

茶屋と枝吉は一時間後に［博多座］のラウンジで会うことにした。

里帆のいる八方尾根は冷たい風が吹いているということだったが、博多のきょうはほのかに菊花《きっか》が匂ってくるような好天だ。

いくぶん汗臭い感じの枝吉が、ショルダーバッグを引きずるように提《さ》げてロビーを横切ってきた。

彼はすぐにアイスコーヒーをオーダーした。

「平泉氏の身近を聞き込んでいるうち、女がいたらしいことが分かった。そこで殺害された現場付近をしらみ潰《つぶ》しに聞き込みしたところ、平泉氏らしい男性を見掛けたという人が数人いました。そこで範囲を絞《しぼ》っていったら、近くのマンションの三階に住んでいる西《さい》城《じょう》葉子《ようこ》という女性にいき着きました」

「そういう場合、『平泉さんと親しい方ですか』とでも訊くんですか」

茶屋は、得意そうに話す枝吉に訊いた。

「『お知り合いですか』と訊きます。反応を見れば、親しいかそうでないかが分かります。

……西城葉子の場合、平泉氏らしい男性を見掛けたことがあるといったそうです。記者は、何か隠しているなと気付いたので、平泉氏との付き合いを認めさせたんです」

「なにをしている女性ですか」

「会社員です。彼女は勤務先を答えなかったが、記者が尾行して突きとめました。天神の［ベスモア］という旅行代理店でした。彼女は、平泉氏の遺体がマンションの近くで発見された朝も、平常どおり出勤していました」

「何歳ですか」

「三十一歳。身長は一六五センチぐらい。姿勢はいいし、色白の引きしまったからだつきの美人ですが、能面のように無表情です」

「枝吉さんも彼女に会ったんですね」

「事情聴取を受けて博多署を出てきたところをつかまえました。ですが私の質問にはなにも答えてくれませんでした」

「捜査本部は、彼女についてどんなことをいっていますか」

「平泉氏には親しい女性がいた。二十六日の夜、彼は女性のマンションに立ち寄って、出てきたところを何者かに刺されたらしい、といっているだけで、いつからその女性と親しくしていたかなどは発表していません」

あすの朝刊には、「知人女性宅に立ち寄っていた」ことだけが載るという。

「彼女は、平泉さんの家庭のことも知っているでしょうね」

「どのぐらいの期間付き合っていたか分かりませんが、女は男の家庭のことを気にしますから、会うたびにちょこちょこと訊いていたでしょうね」

「平泉さんは五十一歳だった。子どもはいたでしょうか」

「娘が二人いて、長女は航空会社勤務で、近ぢか結婚することが決まっていたということです。次女は九州大学医学部の学生です」

枝吉は思い出したようにバッグからノートを取り出した。「平泉氏の奥さんは、裁判官の娘だそうです」

茶屋は、事件を報じた日の新聞を思い出した。メガネを掛け、面長《おもなが》の平泉福八の写真が大きく載っていた。あしたの新聞には愛人の存在が載る。何日もしないうちに週刊誌は、愛人西城葉子の身辺を載せるだろう。彼女はスタイルのいい美人だという。マスコミは群がるように取材攻勢をかけそうだ。

「彼女は、会社へ出勤していますか」

「きのうから、自宅のマンションには帰っていません」

雲隠れか。

一時、身を隠したところでそれはそう長くはつづくまい。勤務先の問題もある。もしかしたら彼女は、同僚と顔を合わせることができず、退職を考えているかもしれない。

「警察は彼女から情報を引き出すために、別の場所へ保護していることも考えられます」

枝吉はタバコをくわえたが火を点《つ》けなかった。

「彼女の実家はどこですか」

「大濠です。三年前まで実家から勤務先へ通っていました。マンションを借りたのは、平泉氏と親しくなってからでしょう」

「実家へ帰っているのでは」

「マスコミが張り込んでいます。彼女は家族を騒ぎに巻き込みたくはないでしょうね」

葉子は実家へは寄りつかないだろうという。

枝吉は平泉の自宅を見ている。枝ぶりのよいマツが木塀《きべい》からのぞいている和風で立派な構えの二階建て。車が二台入るガレージは白いシャッターが下りていた。庭には鼻が黒いシェパードがいる。門柱には表札があったはずだが、それは家族の手によってはずされたらしく、わずかに痕跡が残っているという。

茶屋と枝吉の会話は、九月二十二日の夜、銃で撃たれて川へ投げ込まれた黒沢一世の事件に移った。

黒沢の住所は市内中央区唐人町《とうじんまち》で大濠公園の北。一年半前まで近くのマンションに住んでいたが、中古住宅を買って転居したのだった。妻は介護施設で働いている。長女は高校生で長男は中学生。ごく地味な暮らしかたをしており、近所付き合いも控え目で、黒沢が警察官だということを知らない家が多かったという。

だが黒沢は酒好きで、那珂川沿いの屋台で飲むこともあったし、中洲の居酒屋の常連でもあった。彼のいきつけの「那珂よし」という居酒屋の主人の話では、『焼酎をロックで二、三杯飲んでから、おでんと焼きおにぎり。これがきまりで、さっと引き揚げる。お金をあまり遣《つか》わないお客さんでした』といっているという。

殺害された黒沢は飲酒しておらず、胃にはコーヒーが残っていた。そのことからカフェのような場所でだれかと会っていたのではないかとみられており、捜査本部は川に突き落とされたとされる地点の付近の店をさがしているが、いまのところその場所は特定されていない。

「同僚からは、仕事熱心な男だったといわれています」

枝吉は、いったんくわえたタバコを箱にしまった。

黒沢一世と平泉福八の事件が相次いで発生したので、二件は関連しているのか、あるいは同一犯の犯行ではとみられているが、偶然警察官の二人が事件の被害者になっただけではないかとも茶屋は考えた。交通事故や自然災害とちがい、二人には、それぞれ殺害される理由があったにちがいない。

黒沢は仕事熱心だったというが、個人的に恨みをかっていて、犯人はいつか殺してやろうと彼の隙をうかがっていたかもしれない。銃で撃ったうえに川へ投げ込んでいる点が、いかにもむごたらしい。

茶屋は、黒沢の妻に会ってみることにした。個人的な情実《じょうじつ》がからんでいることも考えられるからだ。

3

黒沢一世の妻の文絵《ふみえ》は自宅にいた。腕まくりしたグレーのシャツにジーパンを穿《は》いていた。当然だろうが顔色はよくない。

屋内には線香の匂いがただよっていた。

茶屋は、那珂川の取材中に起きた事件だったので、黒沢さんがなぜ事件に巻き込まれたのかを知りたくなった。それを調べるのは警察の仕事だが、少しだけでも独自に知りたい

のでといった。断わられたら、さっさと帰るつもりだった。塩を撒《ま》かれるかと思いつつ、

「お焼香をさせていただけますか」といった。彼の正体を観察するように見ていた文絵だったが、

「ありがとうございます」

といって上がり口へスリッパをそろえた。

洋間には白い布におおわれた祭壇があって、遺影の両脇には白と黄色の菊花が供《そな》えられていた。茶屋は素手《すで》で訪ねたことを後悔しながら、警官の制服姿で微笑している黒沢一世に手を合わせた。

文絵は目を伏せて、「ありがとうございました」と口を動かした。

「ご不幸から十日経ちましたが、警察からは捜査の進展のような報告がありましたか」

「ありません」

文絵は怒ったようないいかたをして、口に手をあてた。不満が胸を衝《つ》いてきたといった表情だ。

茶屋が、捜査のやりかたに気に入らないことでもあるのか、と訊こうとしたら、

「警察はアテになりません」

と、下を向いた。「警察官だった者の妻が、口にすることではないでしょうけど……」

彼女は吐き出すように口をゆがめていった。

「アテにならないとは、どういうことでしょうか」

茶屋は俯《うつむ》いている文絵にいった。膝《ひざ》に置いている彼女の手は小刻《こきざ》みに震えていた。

「夫の葬式がすんだあと、県警の偉い方と夫が勤めていた署の署長さんがここへお見えになって、かならず犯人を挙げますので、騒ぎ立てはしないようにと、念を押すようなことをいわれました。わたしは騒ぎ立てなんかしていませんでした。二人の子どもと抱き合って、泣いてばかりいました。夫には親しい同僚はいなかったのでしょうか、葬儀の日以外、警察の方はだれもおいでになりません」

彼女は警察から冷たい仕打ちを受けているような気がしているのだろう。

「事件の晩、黒沢さんはお独りだったんでしょうか」

「独りだったようです。勤務時間外だったので、仕事とは認められないけど、特別に、勤務中だったということにした、と課長さんがおっしゃいました。つまり弔慰金《ちょういきん》の額がちがうということです」

文絵は、目には見えないが、なにか大きな力がはたらいているような気がするとでもいいたそうだった。

茶屋は、感想を述べず、あらためて遺影に手を合わせて黒沢家をあとにした。

文絵は、「またお立ち寄りください」といっているように、「ありがとうございました」を繰り返した。

茶屋は、道の角で振り返った。彼女は自宅の前で頭を下げた。やつれて寂《さび》しげな文絵の顔がいつまでも頭にまとわりついていた。

元警察官の内山哲治に電話した。内山はすぐに応答した。彼は趣味で絵を描いているといっていた。

茶屋が、黒沢一世の妻に会ってきたというと、内山は、どんな印象を受けたかと訊いた。

茶屋は、文絵が口にしたことを話した。

内山はまた思い出したことがあるので、会って話したいといった。二人はまた［魚々勘］で会うことにした。

台風が近づいているという予報があって、小雨が急に斜めに線を引いた。

内山はズボンの裾《すそ》を濡《ぬ》らしてやってきた。色白のさぶが乾いたタオルで内山の肩を拭いた。

「七、八年前のあることを、ふと思い出したんです」

ビールを一口飲むと内山がいった。きょうの彼の目はなぜか光って見えた。

茶屋はジョッキを置いて内山が話し出すのを待った。

「茶屋さんは、沖ノ島《おきのしま》をご存じですね」

「福岡県宗像《むなかた》市にあって、ユネスコの世界遺産への登録が決まった沖ノ島ですね」

「毎年五月二七日に、沖ノ島の宗像大社では現地大祭があり、唯一、一般の人らが上陸を許可される日だったのですが、二〇一七年の遺産登録に合わせて次の年から大祭は取りやめになっています。七、八年前のことですが、安全確認のために、海上保安本部員、県の職員、警察官など三、四十人で沖ノ島視察にいったんです。その視察員に選ばれた私は一行に加わって船で島へ向かいました。私は福岡県生まれですが、それまで沖ノ島へはいったことがありませんでした」

内山はビールで喉を潤《うるお》した。

「県民でも、いったことがない人のほうが多いのでは」

「そうだと思います」

茶屋は先日博多に来るさい、ついでにサヨコに調べさせておいた沖ノ島の概要を思い出していた。

［沖ノ島は玄界灘に浮かぶ孤島で、周囲約四キロメートル。全島をおおう沖ノ島原始林は一九二六年（大正一五）天然記念物に指定された。宗像大社の三宮の一つである沖津宮《おきつみや》が鎮座し、現在は田心姫神《たごりひめのかみ》を祭る。祭祀《さいし》遺跡の学術調査で四〜九世紀の祭祀形態の変化が明らかにされ、貴重な遺物も数多く発見された。遺物のうち約八万点は国宝］

内山は、寒気を覚えたようにぶるっと身震いすると背筋を伸ばした。

「視察員たちはいくつかの班に分かれて、通常は立ち入ることのできない島内を見まわりました。私たちは県警本部員と市内八署から選ばれた者たちで、島の西部を歩きました。暗い原始林で径《みち》などはありません。土器の欠片《かけら》のような物を二か所で見つけましたが、拾いませんでした。沖ノ島は一木一草一石たりとも持ち出し禁止ですから。野鳥のさえずりしか聴こえない暗い林のなかで岩穴を見つけました。近寄ると、岩に生《は》えた苔《こけ》が削られたようになっていたので、不審を抱いて直径一メートルぐらいの穴の中へ私が這《は》って入りました。穴は六、七メートルでいきどまりでしたが、積み重なった岩片のあいだから菰《こも》のような物がのぞいていたので、それを取り除いたところ、木箱があらわれたんです」

「木箱が」

木箱は黒っぽい色をしていたが、そう古いものではなかった。蓋《ふた》が開けられた。布で包まれた物を見た瞬間、内山と一緒に洞穴へ入った県警本部員は同時に声を上げた。

「中身はなんでしたか」

茶屋が訊いた。

「拳銃でした」

「一丁ですか」

「四丁と弾丸《だんがん》が入っていました」

「それは持ち帰ったでしょうね」

「はい。木箱ごと帰りの船に乗せましたが、中身については、ごく一部の人にしか話しませんでした」

持ち帰った木箱は県警本部が検《しら》べて、保管することにした。

「神宿る島に、拳銃を隠しておくとは、罰《ばち》あたりもいいところです」

密輸されたものだろうか。県警は沖ノ島で拳銃を発見したことを公表しなかったのか、そのニュースは新聞に載らなかった。

何年かして、内山は沖ノ島に関する新聞記事を読んださい、岩穴のなかで木箱を発見したときのことを思い出して、当時を知る県警本部の職員に拳銃はどうなったかを尋ねた。すると驚いたことに、『そういう物を発見したという記録はありません』といわれた。

「記録がない。なぜでしょう」

　茶屋は首をかしげた。

「記録がないと聞いて、私はいろんなことを考えました。例えば、沖ノ島から博多港で木箱を車に積んで持ち帰った職員は、保管記録をするさいになって、島で発見したときと中身がちがっていることに気付いた。それで記録を躊躇《ちゅうちょ》した。いつまで経っても中身は戻らなかった。木箱自体は保管されているが、記録簿に載せることは忘れられてしまった」

　内山は、考え考え話していた。

「発見時と中身がちがっていたとは、どういうことですか」

「拳銃の員数《いんずう》です」

「四丁そろっていなかったということですね」

「私の想像ですが、たぶん」

　だれかが一丁持ち去ったということだろう。

「内山さんと一緒に岩穴へ入った人がいましたね」

「県警本部員です。彼が木箱を持ち帰りました」

「警察官ですか」

「ええ、たしか警部でした」

氏名を憶えているかと訊いたところ、

「名刺を交換したわけではないのでうろ憶えですが、たしか駒形《こまがた》という苗字だったと思います。記憶ちがいということもあるので、県警本部の知り合いに、駒形という人がいるかを問い合わせてみます」

その回答はあすになるだろうと内山はいった。

県警本部に重要物を保管した記録がないというのは、おかしな話だ。保管記録がないということは、何者かが隠したと思われる拳銃の捜査を、実施したという記録もないということだ。内山がいうように、当初から記録をしなかったか、記録をしたあとで、だれかが抹消《まつしょう》したのではないか。

4

翌朝、内山哲治から電話があった。彼は興奮気味なのか、「ゆうべはご馳走《ちそう》さまでした」といったあと、高い声で話しはじめた。

「県警本部の警備局に駒形という人がいました。駒形鉄哉《てつや》といって、現在四十五、六歳だろうということです。その駒形は、六年前に退職して、［佐之山《さのやま》興産］に入社したことまでが分かっています。似た苗字の人はほかに見あたらないので、一緒に沖ノ島視察にいった人だったと思います」

「沖ノ島の岩穴へ内山さんと一緒に入った人ですね」

「そうです。沖ノ島へいった当時、その人は四十前だったのを憶えています。駒形鉄哉という人と年齢もほぼ一致しています」

［佐之山興産］の本社は東京だが、福岡市内に支社がある。一九〇〇年ごろ、九州の採炭事業で発展した企業だ。

「内山さんは、駒形さんという人の顔を憶えていますか」

「会えば分かるかもしれませんが、どんな顔だったかまでは説明できません。身長は私と同じ一七〇センチぐらいだったのを憶えています」

「写真が手に入らないでしょうか」

「必要だと思いましたので、知り合いに頼んであります」

駒形はなぜ警察を辞めたのかを訊いたところ、円満な依願退職となっているらしいという。

内山はメモを見ているようで、駒形の退職当時の住所を読んだ。市内中央区薬院《やくいん》だった。

茶屋は、駒形が六年前に警察を退職している点に注目した。退職の理由を正確に知りたかった。県警本部には彼が退職後、就職した先が記録されている。ということは退職してすぐに再就職したからではないか。もしかしたら「佐之山興産」のほうから誘われて警察を辞めたのかもしれない。

茶屋は駒形鉄哉の身辺をさぐってみることにした。

まず中央区薬院の住所を確認にいった。

地下鉄七隈《ななくま》線薬院大通《やくいんおおどおり》駅から南へ五、六分のところで駒形という家を見つけた。見つけたというよりも、この辺かなと歩いているうちに「駒形」という分厚い表札に出会ったのである。白と黒と灰色をまぜた石の門柱にその表札はおさまっていた。広い屋敷を囲んでいる塀も石造りだ。塀のなかには瓦《かわら》屋根が二棟あるようで、近所には同じような家はなさそうだった。

道路をはさんだはす向かいの庶民的な家へ声を掛けると、白髪の主婦が出てきた。

茶屋が名刺を渡し、「駒形さんのことをおうかがいしたい」というと主婦は、「どうぞ」といって玄関のなかへ招いた。

「駒形さんのことを知りたくてきたのですが、あまりに立派なお邸《やしき》だったので、びっくりしていたところです」

丸顔の主婦は笑って、邸のなかに駒形一族が住んでいるのだといった。

「一族がですか」

「ご主人は、純一郎《じゅんいちろう》さんといって、［佐之山興産］の役員です。副社長か専務を経験されて、いまは相談役だそうです。ご長男はなんというお名前か知りませんが、［佐之山興産］にお勤めです。一時、東京の本社にお勤めでしたが、現在は九州支社にいらっしゃるようです」

主婦はなかなか詳《くわ》しい。

「警察官だった人がいたようですが」

「それは三男の方です。転勤なさったのか、何年か前からここにはおりません」

「鉄哉さんというお名前で、六年前に警察を辞めています」

「お辞めになった。そうでしたか。男のお子さんが一人いらっしゃいますが、五年か六年前に離婚なさったと、人から聞いたことがあります。その前からめったにお顔を見ない方でした。……お子さんは高校生で、純一郎さんと一緒に住んでいらっしゃるようです」

「二番目の方は」

「福博大学の教授だそうです。……いまは、純一郎さんと、ご長男とご家族、それから次男の方とご家族が、お邸にお住まいです。……町内や近所の祭事には、いつもたいそうなご寄付をいただくものですから、町内会の役員の方々は、駒形さん、駒形さんといって祀り上げて、大事にしているんですよ」

茶屋は、鉄哉の妻だった人を見たことがあるかと訊いた。

「何度もあります。通いのお手伝いさんがいますが、奥さんが一緒に買い物にいっていました。腰の低いやさしそうなお顔の方でした。離婚したと聞いて、びっくりしたのを憶えています」

茶屋はあらためて石の塀の駒形家を見てから、駅へ向かった。

［佐之山興産］福岡支社へ電話して事情を話し、「駒形鉄哉さんはどちらにお勤めでしょうか」と訊いた。電話に出た女性は社員名簿でも検索しているのかしばらく待たせたあと、「駒形は東京本社の生産部におります」と答えた。

次に筑紫法律事務所に電話して、中央区薬院に住んでいた駒形鉄哉の住所移動調べを依頼した。

駅の改札口に立ったところで、あることを思いついて、駒形家の近くへもどった。酒屋があったので、主人に祭礼のさいの幹事役はどなたかと尋ねた。すると、「うちも幹事の一人ですが」といわれた。

「お祭りのときの写真を見せていただきたいのですが、どなたか持っていらっしゃいますか」

「うちにもありますが、御輿《みこし》でも見たいというんですか」

「ある人の顔を見たいのです。写っているかどうかわかりませんが」

駒形家の三男が写っていないだろうかと茶屋はいった。

「三男というと、警察官で、県警本部に勤めていると聞いたことがあります」

「その人です。お会いになったことがありますか」

「見掛けたことがある程度です」

主人は、「分かるだろうか」といって、棚から分厚いアルバムを取り出したが、それを開く前に、なぜ駒形家の三男の写真を見たいのかと訊いた。

「七、八年前に、ある団体が沖ノ島へ視察にいきました。島内である物を見つけて、持ち帰りました。持ち帰った人が駒形鉄哉さんだったと思われるので、確認のため写真が必要になったのです」

主人は、茶屋の話の意味が分からないらしく、首をかしげた。

「島から持ち帰ったというのは、出土した奉献品《ほうけん》じゃないでしょうね」

茶屋は、奉献品ではないと、首を横に振った。

主人は、写真に写っていれば駒形家の三男だと分かるといって、アルバムを茶屋のほうへ向けた。

アルバムの写真は、御輿をかついでいる人たちばかりだった。見物人も写っているが姿が小さいし焦点が合っていなかった。

御輿をかついでいる人のなかに駒形家の人は入っていなかった。だがテントのなかで話し合い中らしい浴衣《ゆかた》姿の男たちの端にいた、白いシャツの男を主人は指差した。

「彼じゃないかと思います」

だが、その男の顔はぼやけている。首を振った瞬間だったらしい。

茶屋は、駒形鉄哉にまちがいないか、と念を押した。

「たぶん、そうだと思うのですが」

主人は断定しなかった。

茶屋は、白いシャツの男が入っている写真をスマホで撮った。アルバムを見終えたが、ほかに白いシャツの男が入っている写真はなかった。

筑紫法律事務所を訪ねた。駒形鉄哉の住所移動の照会が終わっているといわれ、女性職員がコピー用紙のプリントをテーブルに置いた。

茶屋は礼をいってそれに目を注いだ瞬間、小さく叫んだ。事務所にいる三人の視線が刺さったのが分かった。

駒形の住所は、福岡市中央区薬院—山口県岩国市今津町—京都市右京区花園妙心寺町—東京都墨田区文花と移動していた。糸島末彦が移動した住所とぴたり同じである。糸島末彦は、駒形鉄哉が転居するとそこを確認して、駒形の住所の近くへ移動したのだろうと茶屋は推測した。まるで追跡するために移ったようである。

それはなぜなのか。糸島と駒形は移動した場所で会っていたのだろうか。会っていたとしたらそれはなんのためか。

茶屋はサヨコに電話した。

「あーら、先生」

サヨコの声はあくびをした直後のようだ。

「おまえのその、あーらっていうのはやめてくれないか。なんだか安ものの酒場の女の挨《あい》拶《さつ》みたいだ」

「あら、そうでしょうか。先生、きょうはご機嫌がよろしくないようですね」

茶屋はたったいま、二人の住所が同じだったと知ったことを話した。

「駒形鉄哉氏に、糸島末彦氏が張りついていたっていうことでしょうね」

「そう思うか」

「そうにちがいないです。で、用事は」

「おまえでもハルマキでもいい。墨田区文花というところで、駒形鉄哉の居住確認と生活状況を調べてきてくれ」

「了解。すぐにいってきます」

　サヨコは男のような太い声を出した。サヨコは、くる日もくる日もパソコンの画面をにらんでいるので、たまには外へ出たいのではないか。ハルマキのほうは、昼食の食材を買うといっては出掛けて一時間、日によっては二時間ぐらいもどってこないことがある。

5

　茶屋が夕食の店をさがしているところへ、ハルマキが電話をよこした。彼女が駒形鉄哉の住所を確認にいってきたといった。

「駒形さんは、たしかに墨田区文花のマンションに住んでいます。五階建ての高級感のある造りのマンションの五階です」

「糸島さんが住んでいたところの近くか」

「近くも近く、道路をへだてた斜め前。糸島さんがいたところは、かなり古い建物ですけど、駒形さんが住んでいるマンションはわりに新しいです」

斜め前ならすれちがうこともあったのではないか。糸島は、駒形が転居すると、それを追いかけるように転居している。もしかしたら糸島は駒形の日常を監視する目的があったのではないか。

「駒形さんは離婚しているはずだが、独り暮らしか」

「三十代に見える女性と暮らしているので夫婦だといわれています。二人ともお勤めをしているらしく、平日は朝九時ごろにマンションを出ていきます。一緒に住んでいる女性の名前は分かりませんけど、同じ階に住んでいる主婦がいうには、背がすらりとしていて、とてもきれいということです」

「おまえがあたった主婦は、駒形さんの勤め先を知っていたか」

「知らないといっていました。毎日、スーツを着て、光った靴《くつ》で出掛けるそうです。駒形さんの顔の特徴は顎が四角張っている。身長は一七〇センチぐらいで中肉です」

「よし」

茶屋は、ハルマキの聞き込みをほめた。

翌朝、茶屋はホテルをチェックアウトして、岩国へ向かった。前回は糸島末彦夫婦の生活《くらし》ぶりの聞き込みをしただけだった。きょうは、駒形鉄哉が住んでいたところが、糸島の住んでいた家とどのぐらいはなれていたかを知りたかった。

タクシーを降りると、先日聞き込みをした家の主婦が、杖《つえ》を突いた老女と立ち話をしていた。茶屋が頭を下げると、

「あら、先日の方。糸島さんのことでまたなにか」

と、怪訝《けげん》そうな顔をした。

糸島が住んでいたところと、駒形が住んでいたところは地番が少しちがっているだけで、付近であることはまちがいない。

「糸島さんがいたころ、すぐ近くに駒形という人が住んでいたはずですが、そこはどこでしょうか」

「駒形さん？」

主婦は老女と顔を見合わせた。老女は近所の人なのだ。

「木村《きむら》さんの離れじゃないかしら。あそこは人に貸していますので」

老女がいった。

木村という家は、糸島が住んでいた家とは目と鼻の先である。

木村家を訪ねた。光った頭の男が出てきた。

「五、六年前、駒形という人に家を貸していましたか」

茶屋は、駒形の居住確認が目的だと話した。

「駒形さん……」

主人らしい男は首をかしげていたが、控えがあるのでといって、奥からノートを持ってきた。

「ありました。駒形鉄哉さんといって福岡からきた人で、［佐之山興産］の社員でした」

駒形は、［佐之山興産］の岩国出張所に勤務していた。単身赴任ということで、独り暮らしだったという。

駒形は、木村家の屋敷内の離れ家に約一年間住んでいて、転勤することになったといって退去した。彼を訪ねてくる人はいなかったようだ、と主人はいった。

道路をへだてた斜め前に、糸島姓の夫婦が住んでいたが、駒形と交流があっただろうかと訊いたが、主人はなかったと思うと答えた。


茶屋は新幹線を京都で降りた。東寺《とうじ》の五重塔が黒く見えた。

京都で、糸島と駒形が住んだところは妙心寺の近くだと分かっている。妙心寺は、広い境内に七堂伽藍《しちどうがらん》が一直線に並んでいる臨済《りんざい》宗妙心寺派の本山だ。末寺は全国に約三千五百あって、臨済宗各派のなかで最大だという。

南総門の前でタクシーを降り、三門のほうを向いて手を合わせただけで、糸島が約三年間暮らしたところをさがした。

二十分ほど聞き歩いて、妙心寺の西側で小ぢんまりとした家をさがしあてた。その家の裏側の青い垣根の家が家主だった。

古い木造の門柱にインターホンが付いていた。茶屋が呼び掛けると犬が吠《ほ》えた。女性が応答した。以前、貸し屋に住んでいた糸島夫婦のことを尋ねたいというと、「くぐり戸は開いていますので、そこからどうぞ」といわれた。

木戸をくぐると、主婦らしい和服の女性が白い犬を抱いて庭へ出てきた。六十代だろう。髪を後ろで結《ゆ》わえていた。

「糸島さんがどうかなさったんですか」

主婦は茶屋の顔をじっと見て訊いた。

茶屋は、糸島の現状をかいつまんで話した。

「まあ、どうなさったんでしょう。穏《おだ》やかで円満な方でしたが」

主婦は糸島夫婦をよく憶えているようだ。

「糸島さんの奥さんは、こちらで亡くなられたようですね」

「ここへこられたとき、病気がちのようでした。ご主人はどこにも勤めず、仕事も持たずで、奥さんに付き添っていたようです。福岡の方でしたが、奥さんが京都に住みたいといったので移ってきたといっていました。奥さんは何度も病院へ入院していました。亡くなったのはたしか一月の冷たい風の吹く日でした。わたしがお見舞いにいったら、亡くなられたその日でした。ご主人と娘さんが泣きはらした赤い目をして、廊下の長椅子に腰掛けていたのをよく憶えています」

「娘さんは、ときどききていたんですね」

「正式にご挨拶したのは、奥さんが亡くなられた日でしたけど、その前にも見掛けていました。わたしが病院でお悔やみをいいましたら、娘さんはタオルを顔にあてて、声を上げて泣き出しました。そのときは、わたしも一緒に……」

主婦は目尻に指をあてた。

葬儀は長泉寺《ちょうせんじ》で執《と》り行ったが、父娘のほか、参列したのは数人だけだった。糸島は黒いスーツを着ていたが、娘は病院で会ったときと同じ服装で僧侶の読経を聴いていたという。

それから糸島は家に閉じこもっているのか、めったに姿を見なかったが、桜が咲きはじめた日、東京へいくといって退去した。

「糸島さんは、軽乗用車を持っていて、荷物を積んだトラックのあとについていかれました。わたしは主人と話したことがありましたけど、糸島さんは、奥さんの希望で京都に住んだのではないと思いました」

「べつの目的があったということですか」

「そうだと思います。目的はなんだったか分かりません。丈夫な方が一日中家にいらっしゃる。絵とか文章を書いているようでもない。……わたしはそれとなく糸島さんの様子を見ていましたけど、なんの目的でここに住んだのかは分かりませんでした」

道をへだてたところに、木塀の二階建てがある。そこも貸し家で、二年前までの約三年間、駒形という人が住んでいたが、知っているかと茶屋が訊いた。

「ずっと前、お年寄り夫婦が住んでいましたけど、相次いで亡くなったので、貸し家になっていました。たしか男の方が借りていました」

苗字は知らなかったが、サラリーマン風の男性が独りで住んでいると近所の人に聞いたことがあった、と主婦はいった。

駒形が住んでいた家の家主は近所かと訊いたところ、不動産会社が管理しているとしか知らないという。

糸島が、駒形鉄哉を監視する目的ですぐ近くに住んだことはまちがいない。そして二年前、駒形が東京へ移った。佐之山興産の本社勤務になったのだろう。糸島は駒形の引っ越しを知った。転居先を確認すると、東京へ駒形を追ったにちがいない。

岩国でも京都でも、それから東京でも、付け狙《ねら》っていた糸島を、駒形は勘付いていただろうか。付け狙っていることを知っていたとしたら駒形は、なんらかのアクションを起こしたと思われるがどうだろう。

茶屋は自分の事務所に着いた。サヨコもハルマキも帰っただろうと思ったが、窓には灯りが点いていた。ドアを開けた。

「わわっ」

サヨコは口に手をあてて衝立《ついたて》の陰へ走った。ハルマキは目玉を落としそうな顔をして、棒を呑《の》んだようにつっ立っている。

「帰ってくるときには、知らせてくれなきゃ」

サヨコだ。二人は帰り支度《じたく》をしていたらしい。

茶屋は黙ってデスクに向かうと、取材ノートを出してメモの整理をはじめた。

「なんかヘン。先生、からだの具合でも悪いんですか」

サヨコが茶屋のデスクに一歩近寄った。

「どこも悪くない。忙しいだけだ。二人とも帰っていいぞ」

「帰るけど。……それより、先生、久しぶりにご飯いきましょう」

サヨコは、また一歩近寄った。

「私は忙しいっていってるだろ」

「忙しくても、メシは食わなきゃ」

サヨコはときどき男のような太い声でものをいう。

「いきましょう、いきましょう」

ハルマキが急《せ》き立てた。

二人は簡単に、「ご飯」というが、たとえばカツ丼《どん》とか天丼一杯で満足するわけではない。いきつけの居酒屋で、その店のメニューにあるものすべてを食べ尽くすほどよく食べる。酒を飲む。ビールのあと日本酒をがんがん飲《や》り、『お腹《なか》が苦しい』などといって、氷水を一杯飲むと、ものもいわずにカラオケバーへ走る。二人がこのコースを辿《たど》るのが分かっているので、茶屋は不機嫌を装《よそお》っているのである。

「きょうは、メシだけだぞ」

「そんなこと、先にいわなくていいの」

サヨコは手鏡に向かっていった。

聴《き》き慣れない音だか声がきこえた。ハルマキは炊事場のほうを向いてしゃがんでいる。また声がした。猫だ、仔猫の声だ。

茶屋はしゃがんでいるハルマキの背中をにらんだ。ハルマキが無類の猫好きなのを茶屋は以前から知っている。彼女は歩いていて野良猫を見掛けると、姿を消すまで立ちどまって眺めている。

「拾ってきたんだな」

茶屋がハルマキの背中にいった。

「けさ、駅へいく途中で」

段ボールに入れられて、歩いている人に向かって、『助けて。お腹がすいているの』と、呼び掛けていたという。

ハルマキは茶色と白の縞《しま》の仔猫を両手にのせて、茶屋に見せた。目が開いたばかりの幼なさだ。鼻も舌も薄いピンクだ。

「段ボールごと電車に持ち込んだのか」

「そうしようと思いましたけど、電車が混んでいる時間帯なので、タクシーに乗りました。運転手さんも猫を大好きっていって、抱かせてくれっていいました」

渋谷へ着くまでのあいだ、ハルマキとタクシードライバーは猫にまつわる話をしていたという。

「ここで飼う気なんだな」

「いいでしょ」

「夜は、連れて帰れ」

「うちの母は、猫が嫌いっていう変わり者なんだけど」

「変わり者というほどでもない。でも夜は連れて帰れ」

それを守るなら飼ってもよいことにした。

牧村に電話を掛け、一緒に食事をしないかと声を掛けた。

「いきます、いきます。たとえ家が火事でも飛んでいきます」

まるで無聊《ぶりょう》をかこっていたようだ。

居酒屋へいく道々サヨコとハルマキは猫の名前をあれこれ考えていた。猫は雄だという。サヨコは鼻歌をうたって、スキップのような歩きかたをしていたが、「ダンシっていう名がいいよ、段ボールのなかから拾われたんだし、男の子だから」

「ダンシか。ダンちゃんて呼ぼうかな」

ハルマキは気に入ったようだ。

サヨコが、壺焼《つぼや》きのサザエをほじくっているところへ牧村が到着した。彼は緑の地に黒い縞が通ったジャケットを着ていた。たまにミカンかマンゴーのような色のジャケットを着ていることもある。アウターはすべて自分で選ぶといっている。

茶屋は、駒形鉄哉と糸島末彦の住所変遷を話した。牧村は、「先生」といって噎《む》せ、「すごい」といってまた噎せた。

七章　鬼神降臨

1

［佐之山興産］の本社は東京・日本橋室町《にほんばしむろまち》にある。［三越《みつこし》］本館の斜め前だ。茶屋は何年か前に［佐之山興産］を訪ねたことがあった。エベレスト登頂を果たした社員がいて、その人に会いにいったのだった。同社は約五十人のエベレスト遠征隊支援に食糧や装備供給などで協力した有力企業だったのを、そのとき聞いた記憶がある。

きょうの茶屋は、駒形鉄哉に会うために本社を訪ねた。電話でコンタクトはとってある。

正面玄関を入ると赤黒い色のカウンターに受付係の女性が四人いて、二人が立っていた。カウンターの横には制帽制服のガードマンが、来訪者を威圧するように後ろ手に立っている。

受付に趣旨を告げると、右手のロビーを指し、そこで待つようにといわれた。どういう教育をされているのか、四人の受付係は能面をつけたように無表情だ。

ロビーはガラス張りだ。歩道を歩いている人も走っている車も見える。歩道にはハルマキがいる。駒形が一歩外へ出たら撮影する。

紺《こん》のスーツの駒形鉄哉は五、六分経《た》ってやってきた。名刺を交換した。茶屋は駒形の鰓《えら》の張った顔を脳に焼きつけた。

「さっきの電話で茶屋さんは、ものを書いているとおっしゃったので、検索してみました。著書が何十冊もあるようですね」

駒形は目を細めた。

「百冊ぐらいあると思います」

「百冊。……電話では、大事なことを訊《き》きたいといわれましたが、いったいなんの話でしょうか」

駒形はむずかしい顔をした。

「駒形さんは以前、福岡県警にお勤めでしたね」

駒形はすぐに返事をせず、茶屋の真意をさぐるように目に力を込めた。

「それが、なにか……」

「出世をなさっていらっしゃったのに、なぜお辞《や》めになったんですか」

「この会社で働くようにとすすめられたんです。茶屋さんは、私の経歴を知るためにおいでになったんですか」

「どなたにとっても、経歴というのは重要ですので」

「私が福岡県警にいたのをご存じなら、それでいいじゃないですか。私には複雑な経歴はありませんので」

茶屋は取材ノートを取り出した。メモを読むつもりはない。訊きたいことはすべて頭に入っている。

「駒形さんが福岡県警にお勤めのころのことですが、福岡県や、県警本部や、市内各署から選ばれた方々と一緒に、沖ノ島へ視察にいかれたことがありましたね」

「あったかな。憶《おぼ》えていませんが」

「島で岩穴を見つけて、そこへ入ったことは憶えていらっしゃいますか」

「そんなこと、あったかな」

彼は、ぎょろりとした目で茶屋を見てから、首をかしげた。

「岩穴のなかには木箱が隠されていましたね」

「木箱。なんですか、それ」

「中身は大変な物でした」

「憶えていません」

彼は、茶屋の顔から目を逸《そ》らした。

「拳銃が四丁と弾丸《だんがん》でしたね」

「知らない。憶えていません」

「拳銃が四丁も入っていたのに、憶えていないんですか」

「憶えていない。だいいち沖ノ島へいったなんてこと……」

ほんとうに思い出せないとでもいうように首を左右にひねった。

「岩穴に隠されていた拳銃入りの木箱を、駒形さんが県警本部へ持ち帰られたんですよ」

「いや。それは私ではない。私は、そんな物を持ち帰った記憶はありません」

「駒形さんが車に積んで持ち帰ったのを憶えている方がいるのに、あなた自身が憶えていない。そんな重大なことを記憶していないなんて、信じられません」

駒形はまたじろりと茶屋の顔を見ると、

「茶屋さんは、私が憶えていないことを知っている。沖ノ島の岩穴のなかで木箱を発見したなどというが、それ、全部あなたのつくり話じゃないんですか」

といって、鰓の張った顔を撫《な》でた。

初対面の人につくり話を聞かせるほど暇《ひま》ではないといいたかったが、茶屋はノートを二、三ページめくった。

「事実あったことを正直に答えていただけないなら、話の方向を変えましょう」

駒形は、今度はなにを話すのかといっているように、眉間《みけん》に寄せた皺《しわ》を動かした。

「駒形さんは、福岡市中央区清川に住んでいた糸島末彦さんという方をご存じですか」

「なにをしている人ですか」

「福岡県警の警察官でした」

「知らない」

吐き捨てるようないいかただ。

「糸島末彦さんは、娘さんがかかわった事件がきっかけで、定年の一年前に警察を退職しました。ご存じですか」

「知りません」

駒形はそういったが、目尻をぴくりと動かした。

「あなたは、糸島さんに、岩国か、京都か、現住所の近くで、お会いになったことがありますか」

んですか」

「岩国か、京都か、現住所って、茶屋さんは私が住んでいた場所を、いちいち知っている

「必要があったものですから」

「他人の住所をいちいちつかむ。それ、犯罪じゃないか。調べた方法によっては処罰されますよ」

「知っています。しかし重大事件を調べるうえでは必要なことだったんです」

「重大事件。あなたは旅行作家でしょ。どうして事件に首を突っ込むんですか」

駒形は背筋を伸ばし、茶屋を見下すような表情をした。

「博多の那珂川を取材中、聞き捨てにできない事件を知りました。そういうことを聞くと私は、放っておけなくなるんです。損な性分《しょうぶん》なんです」

受付係の女性社員が駒形に近づいて低声《こごえ》でなにかいった。話し合いが長くなるならお茶を出そうか、と訊いたようだ。

駒形は首を横に振った。

正面のビルの地階にカフェがあるので、そこへ移ろう、と駒形がいった。

茶屋はノートをバッグにしまって立ち上がった。

赤信号で立ちどまった。左前方にハルマキがいるのを認めた。彼女は望遠レンズで狙《ねら》っ

ていた。

エスカレーターで地階へ向かった。ハルマキのカメラが一階からこっちを向いていた。

カフェはわりに広かった。三分の二ぐらい席が空《あ》いている。

二人はコーヒーをオーダーした。

「茶屋さんは、那珂川を取材していたといいましたが、博多に何日いたんですか」

「十日ばかりいました」

「十日も」

「その間に、現職の警察官が二人殺されました。ですので、その事件に関心を惹《ひ》かれて、いろんな人に会っていたんです」

「いろんな人に……」

駒形は、なにも入れずコーヒーを一口飲むと、ミルクだけ落とした。

「茶屋さんは、名川《めいせん》シリーズといって、国内の有名な川にまつわる話を書いているそうですが、那珂川を書く気になったきっかけは、なんでしたか」

茶屋が博多へいったきっかけが気になりはじめたのではないか。

「元警察官だった糸島末彦さんは、墨田区文花に住んでいましたが、病気にかかって倒れました。入院していたんです。ところがある日、入院していた病院を抜け出した。なにかを思い付くか、だれかを見掛けたんじゃないかと思います。彼はどこへいったのか、いまだに分かっていません。その糸島さんの行方《ゆくえ》をさがす方法はないかと、彼の知り合いが私に相談を持ち掛けた。……そこで私は、彼の出身地へいってみることにしたんです。……彼は警察を退職すると、岩国、京都、そして東京・墨田区へ転々とした。駒形さんの後を追うようにして、あなたが住んだすぐ近くに住んでいた。それは偶然ではありません」

「気持ちの悪い男だ。なぜ私のすぐ近くに……」

「あなたを監視するのが目的だったと私はみています」

「なんのために……」

「分かりません。糸島さんが無事なら、その目的がなんだったかを訊くことができるでしょう」

「私を傷つけようとでも考えていたのかな」

「さあ」

茶屋は、いったん取り出したノートを閉じた。

「四年前、那珂川沿いの屋台で、客の地下鉄駅員だった男性が、毒を盛られて亡くなった事件がありましたが、駒形さんは憶えていらっしゃるでしょうね」

「ああ」

駒形は低い声を出すと袖口《そでぐち》をめくった。時計を見ると、伝票をつかんで椅子《いす》を立った。もうなにを訊いても答えないといっているようだ。

茶屋は、［佐之山興産］の前までいって駒形と別れた。別れぎわに、「またお訊きしたいことが見つかったら、おうかがいします」といったが、駒形はなにもいわずドアのなかへ消えた。

2

ハルマキが駒形鉄哉を撮った二十九コマのうち、十点は鮮明だった。日本橋の中央《ちゆうおう》通りを大股で渡り、そして小走りに引き返す姿をとらえていた。髪は黒ぐろとして豊かだ。眉《まゆ》は濃い。目は細い。鼻は高い。唇は厚めだ。鰓が張っているので四角張った顔に見える。

茶屋は糸島里帆に電話した。信州《しんしゆう》白馬での撮影は終わって、きのう東京へ帰ってきた。明日からセットでの撮影がはじまるので、きょうはそれの準備を砧《きぬた》スタジオでやっているといった。

「声が嗄《か》れているようですが」

茶屋が訊いた。

「風邪をひきました。いまは喉《のど》が少し痛んでいるだけです」

見てほしいものがあるのだが都合はどうかと訊くと、

「茶屋さんの事務所へおうかがいしてもいいでしょうか」

といって、軽い咳《せき》をした。

「どうぞ。待っています」

茶屋は、渋谷・道玄坂のビルの名をいって、駅前のスクランブル交差点を渡って三分だと教えた。

「あのう、父の消息が、なにか」

「まだ、なにも」

当然だが里帆は、行方不明の末彦を気遣《きづか》っている。入院していたことも知らなかったので、それを後悔しているようだ。

「里帆さんて、どんな人だろう」

サヨコはパソコンの画面に向かいながらつぶやいた。

里帆は、午後五時ごろにはくることになっている。

ハルマキがカメラに収めた写真を、近くの店でプリントしてきた。並べてみると駒形の口は少し動いている。道路を渡るさい彼は茶屋と会話をしていなかったから、なにかつぶやいていたにちがいない。表情から見て、『糸島とは、気味の悪い男だ』とでも毒づいていたのだろうか。茶屋はあらためて駒形を撮ったハルマキをほめた。

大谷深美が電話をよこした。彼女は、「茶屋先生」と、悲鳴のような声で呼び掛けた。

「糸島さんが見つかりました。警察から連絡が来ました。わたし、これから会いにいきます」

彼女はそれだけいって電話を切ろうとした。

「どこにいたんですか」

茶屋はつい高い声を出した。サヨコが立ち上がった。ハルマキが茶屋のデスクに近寄った。

「糸島さんは、北砂《きたすな》の砂町《すなまち》愛染《あいぜん》病院にいるということです」

江東区だ。ハルマキが砂町愛染病院を検索した。警視庁城東《じょうとう》警察署の近くだと分かった。

里帆に、深美のいったことを伝えた。すると彼女は唸《うな》るような声を聴かせた。泣いているのだった。茶屋は、すぐに向かうので、病院で会おうといった。

茶屋はショルダーバッグの中身を点検した。現金が必要になるかもしれないので、キャッシュカードを確認したのだ。

「じゃ、いってくる」

バッグを肩に掛けると、ハルマキが、

「これ、持っていって」

といってオレンジ色の封筒を差し出した。中身は、駒形鉄哉の写真である。

砂町愛染病院は大きかった。救急車が着いたところで、制服と白衣の男が大柄の人をストレッチャーに乗せ、院内へ運び込んだ。

受付で、糸島末彦に面会したいと告げると、肉付きのいい女性職員は、入院患者一覧でも見るためか、カウンターに顔を伏せていた。思い当たったように電話で問い合わせをした。

「お待たせしました。八階のナースステーションへいらしてください」

といって、面会許可のカードを渡された。

八階のナースステーションで、糸島末彦を見舞いにきたと告げると、「茶屋先生」といって深美が駆け寄ってきた。

糸島が入っている病室の前には若い制服警官が二人立っていた。

深美のあとについて病室へ入った。糸島はベッドに腰掛けていた。

深美が茶屋を紹介した。茶屋については深美が糸島に詳しく話しているようだった。

「ご無事でなによりです」

茶屋がいうと糸島は、世話になったと、頭を下げた。

糸島はひどく痩《や》せている。肌の色もよくない。茶屋の正体でもさぐるように顔をじっと見ているが、意識がしっかりしていないのか目差《まなざ》しがなんとなくうつろである。

糸島は二十日ほど前、墨田区文花のある商店の軒下《のきした》にうずくまっていたところを、通行人によって一一九番通報され、この病院へ運ばれた。意識が朦朧《もうろう》とした状態がつづいていたが、四、五日前、看護師に自分の氏名を告げた。住所を何度も訊かれているうちに、『住んでいるところ』を答えた。そこで警察に連絡した。警察は彼が口にした住所を確かめた。だがそこは昔住んでいた京都の住所で、今は別の人が住んでいた。きょうになって糸島は、『大谷深美さんに会いたい』と看護師に訴えた。医師が何度も同じ質問をしたところ、『コガネ容器にいる人だ』といった。病院はこのことも警察に伝えた。

コガネ容器には大谷深美の該当があり、糸島末彦は砂町愛染病院にいることが伝えられた。

医師は、「夜間に歩いていて転倒したのではないか。それで意識を失ったが、無意識状態と朦朧状態が繰り返され、四、五日前から意識が鮮明に戻りつつある」と所見を語った。

新たに面会人が到着した。里帆だった。

里帆が病室へ入ると、末彦は無意識に両腕を前に伸ばした。里帆はその腕のなかへ駆け込んだ。彼女は泣きながら、何度も父親に謝っていた。

五十代の警官が入ってくると、

「糸島さんには、何人もお知り合いがいるじゃないですか」

と、笑顔を向けた。末彦がかつぎ込まれて以来、彼を見守ってきた宮原《みやはら》という警部補だった。

茶屋は談話室で、末彦の経歴を宮原に話した。

「私は一日おきぐらいに糸島さんの容態《ようだい》を見にきていました。彼はときどき訳の分からないことをつぶやいたり、カッと目を見開いたりすることがありました。彼を注視するようになったのは、何者かから危害を受けたんじゃないかとにらんだからでした。……茶屋さんと糸島さんは、どういうお知り合いですか」

茶屋は、行方不明になった糸島末彦をさがすきっかけから、博多で知った事件を話した。そして糸島が、駒形鉄哉が転居するたびにそのあとを追って住所を転じていたことも話した。

「すると糸島さんは、駒形という男に対してなにかを企《たくら》んでいたんじゃないでしょうか」

宮原は宙の一点に注いでいる目を光らせた。

「そんなふうにも受け取れます」

茶屋はうなずいた。

二人の目は、「大事にいたらないうちに」といい合った。


茶屋は談話室へ里帆を招《よ》んだ。

オレンジ色の封筒から取り出した写真を、なにもいわずに彼女の前へ置いた。

写真を見ていた彼女は数秒後に、「あっ」といって口を押さえた。

「見覚えのある人ですね」

「あります」

茶屋は彼女の顔をのぞいた。

「電車のなかでわたしに、いたずらした人です」

まちがいないかと、茶屋は彼女の顔をにらみながら念を押した。

「まちがいありません。この人です。この人です」

彼女は悔しそうに繰り返した。

「この人は駒形鉄哉という名で四十五歳。現在、墨田区文花に住んでいて、日本橋の［佐之山興産］の社員です」

茶屋がいうと、里帆は顔をゆっくり上に向けた。

「［佐之山興産］の社員ですか」

「この人は、福岡県警本部の警部でしたが、あなたとのトラブルの後、警察を辞めたんです」

茶屋の頭にふと、鉢巻きをした男の顔が浮かんだ。以前、那珂川沿いで［えびしん］という屋台の店をやっていた海老名伸。現在の彼は、娘の手を借りて屋台製作や修理を仕事にしている。

海老名の自宅に電話をした。娘が応じた。海老名は娘のことを、『出もどりだ』といっていた。

「海老名さんにぜひとも見ていただきたい写真があります」

茶屋は、娘のスマホのメールアドレスを訊いた。

十五、六分経つと、海老名が電話をくれた。

「男の写真を見ています。秋津さんが亡くなったとき、横にすわった男ではというのでしようが、その男は帽子を目深《まぶか》にかぶっていたので、顔が半分ぐらいしか見えませんでした。憶えているのは四角張った顎をしていたということだけで、鼻から上は分かりません。でも、送っていただいた写真を見ていると、なんとなく……」

似ている、といいたいらしいが、自信がなさそうだった。しかし海老名は、「こんな顔の男ではなかった」とはいわなかったので、茶屋は、参考になったといった。

病室へもどると、糸島は目を瞑《つむ》っていた。眠っているのではなく、そばにいる深美と話をしているのだった。

医師がやってきて、糸島の両眼にライトをあてた。急に何人もが訪れて会話するようになったので、症状の変化を診《み》にきたのだろう。医師はすぐに病室を出ていったので、そのあとを里帆と茶屋が追い、糸島の症状を尋ねた。

「意識もしっかりしましたし、脳の状態も安定しているようなので、二、三日後には退院できそうです」

医師はそういって、にこりとしたが、独り暮らしは危険だといった。

医師の意見を聞いた里帆は、強く顎《あご》を引いた。父親の生活状態を考えてやるのは自分だといっているようだった。

次の日、茶屋は、サヨコとハルマキに糸島末彦の症状や、娘の里帆が見舞ったときの二人のようすを話すつもりで事務所に入ったが、サヨコとハルマキは立ったままにらみ合いをしていた。その二人のあいだを仔猫がおぼつかない足取りで行き来している。どうやら二人は、ダンシの躾《しつけ》について意見に食いちがいが生じたようだ。

3

茶屋は一日を原稿書きにあてた。

窓にあたっていた秋の日がかげったところへ、牧村が電話をよこした。博多・那珂川の原稿はすすんでいると茶屋がいうと、

「このへんで、骨休みをしましょう、先生」

と、いくぶん疲れているような声でいった。

「骨休みって、なんだ」

「分かってるでしょ。歌舞伎町で軽く一杯」

彼は惚《ほ》れたホステスのいる「チャーチル」というクラブへいきたいのだ。単独で飲みにいくと交際接待費を会社に請求できない。で、たびたび茶屋を誘うのである。

「私は、いきたくない」

「いやにはっきりとおっしゃるじゃないですか」

「私は、歌舞伎町が好きじゃないんだ」

「へえ。初めて聞きましたよ。そうですか、そうですか。ではせいぜい安ものの居酒屋で、安酒をどうぞ。あっそうか。何日も博多にいるうちに、中洲のバーで、いいねえちゃんに出会ったんじゃ」

牧村は鼻を鳴らして電話を切った。


十月七日、茶屋は元警察官の内山哲治に電話した。［佐之山興産］の福岡支社に知り合いはいないかと訊いたが、いないといわれた。

そこで同じく元警察官で、現在はバイクの修理を仕事にしている尾沼新平に同じことを訊いた。

「会社に［佐之山興産］の社員を知っている者がいるかもしれません」

彼は社内をあたってみるといった。

三時間ばかりすると尾沼から電話があった。［佐之山興産］福岡支社の社員を知っている者が二人いて、一人は課長だという。

「お願いしたいことがあるんです」

「なにか調べることでもあるんですか」

尾沼の声は密《ひそ》やかになった。

「［佐之山興産］の社員のアリバイを確認する必要があります」

「ほう。アリバイの確認が必要なのはなんという人ですか」

「駒形鉄哉といって、現在、東京本社に勤務中の人です」

「駒形鉄哉。聞いたことがあるような名ですね」

茶屋が、県警本部にいた人だというと、

「思い出しました。九州管区の合同訓練のさい、指揮を執《と》っていた一人です。たしか［佐之山興産］の副社長の息子だと聞いたことがありました。やがて出世する人だと思っていましたが、退職していたんですか」

駒形鉄哉のなにを知りたいのかと尾沼はいった。

四年前の五月二十日、今年の九月二十二日、同じく九月二十六日に、駒形は福岡支社にいたかどうかを確認したい、と茶屋はいった。尾沼は、「分かりました。慎重にやります」と答えた。

尾沼からは午後に電話があった。

「四年前の五月二十日、［佐之山興産］の京都支社の駒形鉄哉氏は、福岡支社での会議に出席していました。今年の九月二十二日は、久留米《くるめ》市のゴム工業との生産品提携に関する話し合いに出席のため、久留米市へ出張し、福岡支社にも立ち寄っています。九月二十六日に駒形氏は福岡支社へはきていませんが、午後七時ごろ、櫛田神社近くの［一松《いちまつ》］というもつ鍋の店で独りで食事していたのを、［佐之山興産］の二人の女性社員が見掛けています」

九月二十六日の夜、［一松］で駒形を見掛けた社員の名は分かっている、と尾沼はつけ加えた。

茶屋は［佐之山興産］本社に電話した。あした、本社を訪ねたいが都合はどうかと駒形に訊くつもりだった。

「駒形は異動いたしました」

女性社員が冷たい声で答えた。

「異動した。一昨日は本社においでになったのに」

「昨日付で異動しました」

女性社員は突き放すようないいかたをした。

「どちらへ異動されたんです」

女性社員は知らないのか、「少々お待ちください」といった。だれかに訊いているのだろう。
二、三分経つと男の声が、
「どういったご用でしょうか」

これもまた凍《こお》るような訊きかたをされた。

「個人的な用件です。駒形さんにどうしてもうかがいたいことがありますので」

「駒形に連絡して、そちらへ電話をするようにしますので、お名前と電話番号をどうぞ」

「私は一昨日、本社で駒形さんに会っています。名刺を渡しているので、電話番号はご存じのはずですが、念のためお伝えします。茶屋次郎が至急連絡を取りたいといっていると、おっしゃってください」

「茶屋次郎さん……」

男性社員は小さな声でいったが、「分かりました」といって電話を切りかけた。

茶屋は、駒形はどこへ異動したのかと訊いた。すると社員は、「本人にお尋ねください」と、つっぱねた。

二時間経ったが、駒形からは電話がない。

「先生。きょうのご機嫌はいかがですか」

牧村の電話だ。

「私は、あんたとちがって、気分が山脈のように上がったり下がったりはしないんだ」

「そうですか。しかしきょうの先生の声は、空気の抜けた風船のようです」

牧村の用事は決まっている。歌舞伎町へいきたいのだ。

「妙なことがある」

茶屋がつぶやいた。

「なんでしょう」

茶屋は、駒形鉄哉に訊きたいことが山ほどあるのだが、電話をしたら異動したといわれて、どこへ異動したのかと訊いても、本人に訊いてくれといわれた、と話した。

「それは異動じゃなくて、会社を辞めたんじゃないでしょうか」

そうか。案外牧村のいうことがあたっているような気がした。

「あんたは暇《ひま》なんだね」

「私には暇なんてものはありません。毎日、内臓がよじれるほど忙しい思いをしていますが、なにか」

「駒形の住所へいってみたい。転勤なら、引っ越しの準備でもしているかも」

「いきましょう。私もどんな男か会ってみたい」

茶屋と牧村は、亀戸駅で落ち合うことにした。

約束の五時半に亀戸駅に着くと、牧村はすでに着いていた。彼は用向きによって服装を変えるのか、グレーの無地のスーツ姿だ。黒いショルダーバッグを掛けている。

「この線に乗るのは懐《なつ》かしいな」

電車に乗り込むと牧村は車内を見まわした。

「何度か乗ったことがあったんだね」

「学生のとき、東向島に住んでいました。大学へは遠かったけど、アパートの家賃は安いし、物価も安くて住みやすい場所でした。浅草へ出るには東武伊勢崎《いせさき》線、亀戸へはこの電車で、便も悪くない。東京スカイツリーが出来てから、街の雰囲気はいくぶん変わりました」

糸島末彦の住所である古いマンションへは迷わず辿り着いた。そのマンションの一階をのぞいた。集合ポストの下の床にチラシが一枚落ちていた。天井の蛍光灯が点滅していて、間もなく寿命を終えそうだ。

駒形鉄哉が住んでいるマンションは道路をへだてた斜め前。赤レンガ造りで新しい。駒形の住まいは五階の五〇五号室だが、集合ポストにも住まいの部屋にも表札は出ていなかった。

　茶屋が、五〇五号室のインターホンを押した。が、応答はない。駒形は美しい、三十代に見当の女性と暮らしているという。その女性も勤めていると聞いている。

「引っ越したんじゃないでしょうか」

　牧村だ。

「そうかも」

　一階へ下りた。階段脇の部屋のインターホンを押すと、女性が応じた。五階に住んでいる駒形さんのことを訊きたいというと、すぐにドアが開いた。四十代後半に見える顔色のよくない主婦が、

「つい先日も、駒形さんのことを知りたいといって、若くて可愛《かわい》い女性がきました」

　ハルマキのことだろう。

　駒形は引っ越したのではないかと訊くと、

「いいえ。住んでいらっしゃいますよ。けさも出掛けていく奥さんを見掛けましたので。

……なぜ、いろんな方が駒形さんのことを訊きにいらっしゃるんでしょう」

　主婦は、茶屋と牧村の全身に目を這《は》わせた。

　茶屋は駒形のことを、曖昧にいった。

彼女は犯罪と聞いたら身震いするのではないか。聞き込みにきたのが刑事であったら、部屋へ通してお茶を出すだろう。

「奥さんは毎日、お宅にいらっしゃるんですか」

「病院に勤めていましたけど、からだが悪くなって、二か月以上前から休んでいるんです」

茶屋は、この近くで六十代半ばの男性をちょくちょく見掛けなかったかと訊いた。

「そういえば最近は見かけなくなりましたけど、三週間ほど前まで斜め前の個人タクシーのガレージ前に立っているのを、よく見かけました。六十半ばぐらいの痩せた人でした」

その男は、糸島末彦にちがいない。

4

茶屋と牧村は個人タクシーの空きガレージから、駒形鉄哉が住んでいるにちがいないマンションの五階をにらんで張り込んでいた。

午後六時半、白っぽいジャケットの背の高い女性がマンションへ入っていき、三分ほど経つと五〇五号室の窓に灯りが点いた。カーテンが開き、窓が開いた。女性が息を吸うように窓辺に立った。

勤め帰りらしい男女が何人かマンションへ入っていった。女子高校生らしい姿もあった。どこでも見られる夕方の風景だ。

午後七時十分。スーツ姿の男がマンションの玄関へ入りかけたが、からだをくるりと外へ向けると、あたりを見まわした。尾《つ》けている者がいないかと警戒しているらしい格好だ。

「駒形だ」

茶屋は道路へ飛び出した。牧村はすくんだのか、「まちがいないですか」と背中に声を掛けた。

「駒形さん」

エントランスへ入った彼を茶屋が呼びとめた。エレベーターに乗ろうとしていた駒形は振り向いた。

「私の帰りを、待ち伏せていたのか」

駒形は、敵意をむき出しにした。自宅へ押しかけてこられたのが気に食わないらしい。

「いつまでたっても電話をいただけないので」

「私は、あなたと話をする意志がない」

「こちらには重要な用件がある。立ち話でよろしければ、ここで話しますが、いいですか」

牧村が茶屋の背中へ、そろりと近寄ってきた。

駒形は気味悪そうに、牧村の全身をねめまわした。

牧村は駒形に名刺を渡した。

「週刊誌の人を連れてきたんですか」

駒形は口をゆがめ、外へ出ようといって、茶屋たちの前を歩いた。

「異動になられたそうですが」

茶屋は駒形に肩を並べた。

「東京工場勤務になったんです」

「佐之山興産」は、防災関連資材の生産ではトップ企業だ。工場は、東京のほかに秋田と岩国にある。駒形はもともと生産部門の担当だったので東京工場へ歩いて約十分の現住所に入居したのだと、茶屋が訊かないことを語った。

公園へ入った。人影はない。藤棚《ふじだな》の下にベンチがコの字型に据えられていた。茶屋は駒形と向かい合う位置に腰掛けた。牧村は茶屋の後ろに立った。外灯が駒形の顔に斜めにあたっている。

「なにを訊きたいのか、早くいってください」

駒形はいったが、茶屋はじらすようにゆっくりとノートを取り出して、ページを繰った。薄暗いが文字は読める。

「しっかり聞いてください。いいですか」

「どうぞ」

駒形の声は小さかった。

「四年前の五月二十日、京都支社に勤めていたあなたは、福岡支社での会議に出席しましたね」

「憶えていない。そんなことまで茶屋さんは調べたんですか」

「調べました。きわめて重要なことでしたので」

「あなたにとっては重要かもしれないが、私には無関係では」

「私は、人さまの無関係なことを調べるほど暇ではありません。……駒形さんは、会議のあった日の夜、那珂川の畔《ほとり》の［えびしん］という屋台へ入ってビールを頼んだ。その店では地下鉄駅務員の秋津秀和さんが食事をしていた。あなたは秋津さんが酒に酔ったころを見計らって、彼の横に腰掛けた。秋津さんの前には、彼が注文した煮物が置かれた。その器にあなたは人目を盗んで隠し持っていた毒物を入れた。気の毒なことに秋津さんは、病院へ運ばれる途中で亡くなった」

「なんだ。つくり話を私に聞かせるのか」

駒形が拳《こぶし》を固くにぎったのが分かった。

「六年前、あなたは電車内で痴漢行為をした。被害者の若い女性は、あなたを突き出して駅の事務室で向かい合った。行為を追及されたあなたは、『やっていない』などといったあと、被害者を見下して、『被害妄想女』などと、頭下《あたまくだ》しの罵詈雑言《ばりぞうごん》を並べた。それだけじゃない。被害者が氏名住所を名乗ったのに、あなたは、でたらめな氏名と住所を答えた。のちに、あなたが答えた氏名と住所は嘘《うそ》だったと分かった。被害者は傷付き、事件を警察に訴えた。……事件当時、駅の事務室で双方のあいだに立ったのが秋津さんだった。後日、秋津さんは、なにかしらの偶然からあなたの本名と職業と地位を知ったのかもしれない。それで卑怯《ひきょう》なあなたに個人的に抗議でもしたのでしょう。抗議は手紙でしたか、電話でしたか」

「知らない。茶屋さんは人ちがいをしている」

「駒形さんは、若い女の子のお尻を撫でただけじゃなくて、もっと侮辱的なことをしたのでは」

「失礼なことを……。私は知らない。人ちがいだといってるでしょ」

「今年の九月二十二日……」

茶屋は咳払《せきばら》いをした。

「久留米市へ出張して、そのあと福岡支社へ立ち寄った。その日は、福岡市内のご実家にでも泊まられたことでしょうが、その前に、博多署の黒沢一世さんに、那珂川沿いで会った。会う約束をしていたのでしょう」

「そんな男、私は知らない」

「黒沢さんに、お茶でもと誘われたんじゃありませんか。殺された黒沢さんの胃にはコーヒーが残っていたそうです」

駒形は首をまわした。茶屋の話を聞いていないという格好だ。

「あなたと黒沢さんは、コーヒーを飲んだあと那珂川沿いの道を歩いていたが、人目のないのを見計らってあなたは、拳銃で黒沢さんを撃ち、倒れた彼を那珂川へ突き落とした。……あなたが隠し持っていた拳銃は、七、八年前、沖ノ島で見つけたものなんでしょう。県警本部にいたあなたは、沖ノ島視察団の一員に選ばれて参加した。沖ノ島へいったのはそのときが初めてでしたか」

駒形は横を向いて返事をしなかった。樹木の枝がカサッと鳴った。寝つきのよくない野鳥がいるようだ。人声で寝入り端《ばな》をくじかれたといっているのか。

「沖ノ島の岩穴のなかで、拳銃四丁と弾丸《だんがん》の入った木箱を見つけて、県警本部へ持ち帰った。あなたが黒沢さんを撃った拳銃は、その四丁のうちの一丁だったにちがいない。沖ノ島で拳銃を見つけたあなたは、隠し持っていればいずれ役に立つと思ったんじゃないんですか」

「でたらめなことばかり並べて……」

駒形はつぶやいたが、立ち上がろうとはしなかった。

「黒沢さんは、あなたが犯した痴漢事件を知った。県警本部のエリートだったのに恥ずかしい、と批判的だった。九月二十二日に会ったときあなたは黒沢さんから、攻撃的な言葉を聞いたのではありませんか」

「いい加減なことを、ごちゃごちゃと。私は黒沢なんていう男も知りませんよ」

「まあせいぜいシラを切ってください。……次は九月二十六日の夜、その日、福岡支社へはきていないあなたが、市内のある店で独りで食事をしていた。壁に耳、障子《しょうじ》に目の譬《たと》えのように、あなたが食事しているのを、複数の人が見ていた。……その夜がなぜ重要かは、あなたがいちばんよく知っていますね」

「私がどこでメシを食おうが、勝手じゃないか」

「勝手です。ですが、問題はそのあと。その日の午後十一時ごろ、どこにいましたか」

「実家、いやホテルにいたが、そんなことをいちいち答える必要はない」

「福岡県警は現在、刺し殺された平泉福八さんの着衣になにが付着していたかを検《しら》べているでしょう。胸や腹を刃物で刺された被害者の着衣に、微量でも加害者の痕跡が遺《のこ》ることは、警察官だったあなたはよく知っているでしょう。……平泉さんとあなたは、揉めごとを抱えていたんじゃないですか。もしかしたら平泉さんは、あなたを県警本部から追い出した人ではありませんか」

「勝手な想像を。あんたたちは脅迫にきたんだろう。それとも恐喝するつもりか」

「六年前、あなたは、痴漢行為を追及されたときも、被害者に対して、同じようなことをいったんでしょうね」

「痴漢だと。そんな……」

「あなたは地位を忘れて、そんなことをした。それが大事件のはじまりだった」

「嘘の痴漢行為をネタに、強請《ゆす》りをする者がいるという話を聞いたことがあるが、私はそういう目に遭ってもいない。そもそも痴漢だなんて、下卑《げび》たことを」

駒形は顔を横にして唾《つば》を吐くような音をさせた。

「そうだ、下卑たことだ。しかしそういうことをあなたはした。その行為を否定しただけでなく、一人の女性の心をズタズタにし、女性の父親の職も奪った。……あなたの県警退職の原因は、痴漢事件では」

駒形は立ち上がった。牧村は一歩退《ひ》いた。

「くだらん」

駒形は腰掛けている茶屋をひとにらみすると、地面を蹴《け》るような歩きかたをして、公園を出ていった。

5

きのうとちがって、けさは気温が低い。暦《こよみ》では［寒露《かんろ》］といって、寒気で露が凍る、の意だという。テレビニュースは、新潟県の山の雪景色を映していた。

茶屋は広げていた朝刊をたたむと、「福博日日」の枝吉記者に電話した。

「茶屋さん。いまどちらですか」

博多にいるのなら会いたいというのだろう。

「東京の事務所です」

茶屋は、昨夜の駒形鉄哉とのやり取りをかい摘《つ》まんで話した。

駒形は三件の殺人を自供したわけではなく、頑強《がんきよう》に否定したが、事件発生の日、いずれも博多にいた。秋津秀和、黒沢一世、平泉福八の三人が殺害された事件にからんでいるのはまちがいない。茶屋はそう確信していると話した。

聞き終えた枝吉は、茶屋の名も、駒形の名も伏せた記事を書くが、よいかといった。

茶屋はそれを望んでいる。

ハルマキがつくるソース焼きそばの匂《にお》いがただよいはじめたところへ、枝吉が書く予定稿のデータ原稿が送信されてきた。

［旅行作家のC氏によると、博多・那珂川の流域取材中に、二件の警察官殺人事件を知り、被害者の身辺を密かにさぐっていた。その最中、四年前に那珂川畔の屋台で食事中、隣にすわった客に毒物を入れられた料理を食べて死亡した人がいたことを知った。その事件と、最近発生した二件の警察官殺人事件は関係しているとにらみ、三つの事件の秘密をにぎっているとみられる元県警警部、K氏に接触した。K某氏は、いずれの事件とも無関係だと、C氏の追及をはねつけたが、事件に関係があると思われるある出来事が七年前に発生していた。

福岡県は七年前、約四十名の団体で沖ノ島を視察した。そのさい島の西部の岩穴に隠されていた拳銃と弾丸の入った木箱を発見した。島からは一木一草一石とて持ち出すことは禁じられているが、この木箱だけは同行の県警本部員が極秘に本部へ持ち帰った。しかしそのことは発表されず、報道もされなかった。島の岩穴で木箱を発見し、持ち帰りを担当したのがK氏であった。九月二十二日の夜発生した警察官射殺事件に使われた拳銃は、沖ノ島の岩穴に隠されていた四丁の拳銃のうちの一丁の可能性が高い」

概《おお》ねこんな内容だった。

茶屋は原稿を読んだことを枝吉に伝えた。

「たったいま、編集会議で、このデータ原稿を基に記事にして、あしたの朝刊に掲載することを決定しました。たぶんあしたじゅうに、うちの編集局長は県警本部へ呼ばれるでしょう」

枝吉は笑っているようだった。

「枝吉さんも呼ばれるのでは」

「そうでしょうか」

「旅行作家のCとはだれのことかと訊かれますよ」

「茶屋次郎さんだと、答えていいですか」

「かまいません」

福岡県警は茶屋を呼びつけるだろうか。それとも係官が東京へ出向いてくるのではないか。

その前に、駒形鉄哉は県警本部において、吊《つ》るし上げを食うのでは。

里帆が電話をよこした。

「おかげさまで、父はあした、退院できることになりました」

「それはよかった。寒くなるので、風邪をひかないようにね」

糸島末彦は、墨田区文花から転居するという。

「中野《なかの》区で、少し広いマンションを見つけましたので、そこで父と一緒に住むことにしました」

「それはいい。お父さんを大事にしてあげてね」

里帆は、また電話するといって切った。

「まあ、やさしいこと。わたしたちには一度も」

サヨコはパソコンの画面をにらみつけた。

深美からも電話があった。

「糸島さん、あした退院が決まりました」

「そう。それはよかった。一緒においしい物を食べるといい」

茶屋は、糸島が退院できるのを里帆から聞いているとはいわなかった。

「退院したらなにを食べたいって、きのう訊きました。すき焼きとか、おすしっていうかと思ったのに、サンマの塩焼きですって」

「病院では、そういうものを食べられなかったんだね。あしたは、サンマの塩焼きで、白いご飯がいいよ」

「退院して、少し落ち着いたら、茶屋先生もご一緒に」

「ぜひ声を掛けてください。なにがあっても駆けつけますので」

茶屋は目を細めて電話を終えた。

「ちょっとハルマキ、聞いた、いまの電話。なにがあっても、だって」

サヨコは角を出したようないいかたをした。

「聞いた、なんか気味が悪いよね」

二人は、寒さを凌《しの》ぐように腕をさすった。


「福博日日」が、枝吉記者が書いた記事を掲載してから三日経ったが、福岡県警からは茶屋になんの連絡もなかった。

翌日、中央紙も経済紙も「福岡の連続殺人犯は、元警官」という大見出しのタイトルで、駒形の逮捕と、事件を報じた。犯人の駒形鉄哉は、かねてから二人の同僚に対して恨みを抱いていたと、犯行動機が短く載っていた。駅務員・秋津秀和殺害については、駅でのトラブル処理について不満を抱いていたのが原因とだけ書かれていた。

枝吉記者が電話をよこした。

「県警は詳しいことを発表していませんので、各紙ともなまぬるい記事しか書けなかったんです。しかし実際には、駒形の殺害動機を詳しく聞いているようです。駒形は、黒沢さんと平泉さんに会うたびに、痴漢の件で恐喝を受けていたということです。秋津さんは被害者が気の毒だといって、県警本部へ押し掛けたこともあったそうです。それがきっかけで県警を辞めざるをえなくなったとか。ずっと恨んでいたんでしょうね」

駒形を県警に残すために上層部は揉み消しを計り、糸島を左遷させたはずである。「佐之山興産」と深いつながりでもある者だったのだろうが、秋津が押し掛けたことがきっかけで、もう庇いきれないと駒形を辞めさせたのだろう。その人物が、今回茶屋の捜査の妨害をけしかけてきたのではないか。

茶屋と枝吉は声をそろえて、「殺すことはなかったのに」といった。茶屋は窓を開けた。隣のビルの屋上にとまっている烏《からす》が、彼に向かってものをいうように一声鳴いた。

糸島末彦が砂町愛染病院を退院して二週間がすぎた。彼は、里帆が見つけた中野区のマンションへ転居して父娘で住んでいる。

末彦を囲んで食事をする日が訪れた。どこで食事をするかを、里帆と深美が電話で打ち合わせ、上野の中華レストランに決まったと、里帆から茶屋に連絡があった。

食事は月曜の午後六時からだったが、茶屋は十五分ばかり遅れた。

三人は円形テーブルを囲んでいた。三人の前にはまだ水のグラスが置かれているだけだった。

四人が食事をはじめて二十分ほど経ったところで、前に入院していた病院をなぜ抜け出したのかを、茶屋が末彦に尋ねた。

「昼間のことですが、病院の一階で駒形を見掛けたんです。だれかを見舞いにでもきたのでしょう。私は声を掛けなかったが、病室にもどってからも私は彼の顔や姿がちらついていました。自分がこんな境遇になったきっかけは駒形だと思うと、眠れなくなりました。彼をどうしようと考えたわけではありませんが、彼の部屋の窓を見るつもりで、夜中にそっと抜け出したんです。それまでにも何度も、道路脇から彼の部屋の窓を見ていたことがあります。奴はきっと何かをしでかす。そういう人物だと分かっていたので、監視をすることに決めたのです。復讐のつもりでしたが、もしかしたら監視の義務感もあったのかも。結局、私が倒れてしまって、奴は箍《たが》が外れて二人も殺してしまった。無念です。……

そしてその日は、歩いているうちに、たぶん気が遠くなったんだと思います。……歩いていたことだけは憶えていますが、あとはまったく……」

彼は頭に手をやった。

「何者かに、襲いかかられたのではないんですか」

「そうではないと思います。怪我はしていないのですから」

茶屋は医師から、『症状が急変して、手術を繰り返すことがある』『脳血管障害を突然発症することもある』と聞いたのを思い出した。

末彦を眺めながら、茶屋は末彦の本心を思った。非常に困難な思いをして実子にまでしようとした里帆が口に出すのも憚《はばか》られるような痴漢にあった。末彦と妻は腸《はらわた》が煮えくり返るような思いだったに違いない。だから、いつか殺してやりたいと思い、駒形の跡を執拗に追ったのではないか。妻が死に、そして自分までも病魔に蝕《むしば》まれた。だから、今度こそ殺してやろうと、病院を抜け出したのではなかったか。

末彦は自分の病気を忘れたように、中国の酒を飲んで顔を赤くした。里帆と深美は、箸を休めず、末彦の顔をちらちら見ながら、「おいしいね、おいしいね」といい合っていた。

参考文献
『日本史広辞典』（山川出版社）

著者注・この作品はフィクションであり、登場する人物および団体は、すべて実在するものといっさい関係ありません。

（この作品『博多　那珂川殺人事件』は、平成二十九年十月、小社ノン・ノベルから新書判で刊行されたものです。なお、本文中の地名なども当時のままとしてあります）

一〇〇字書評

切・り・取・り・線

購買動機（新聞、雑誌名を記入するか、あるいは○をつけてください）	
□（　　　　　　　　　　　　）の広告を見て	
□（　　　　　　　　　　　　）の書評を見て	
□ 知人のすすめで	□ タイトルに惹かれて
□ カバーが良かったから	□ 内容が面白そうだから
□ 好きな作家だから	□ 好きな分野の本だから

・最近、最も感銘を受けた作品名をお書き下さい

・あなたのお好きな作家名をお書き下さい

・その他、ご要望がありましたらお書き下さい

住所	〒				
氏名		職業		年齢	
Eメール	※携帯には配信できません		新刊情報等のメール配信を 希望する・しない		

この本の感想を、編集部までお寄せいただけたらありがたく存じます。今後の企画の参考にさせていただきます。Eメールでも結構です。

いただいた「一〇〇字書評」は、新聞・雑誌等に紹介させていただくことがあります。その場合はお礼として特製図書カードを差し上げます。

前ページの原稿用紙に書評をお書きの上、切り取り、左記までお送り下さい。宛先の住所は不要です。

なお、ご記入いただいたお名前、ご住所等は、書評紹介の事前了解、謝礼のお届けのためだけに利用し、そのほかの目的のために利用することはありません。

〒一〇一－八七〇一
祥伝社文庫編集長　坂口芳和
電話　〇三（三二六五）二〇八〇

祥伝社ホームページの「ブックレビュー」からも、書き込めます。

www.shodensha.co.jp/bookreview

祥伝社文庫

博多《はかた》　那珂川《なかがわ》殺人《さつじん》事件《じけん》

令和 2 年 6 月 20 日　初版第 1 刷発行

著　者　梓《あずさ》　林太郎《りんたろう》
発行者　辻浩明
発行所　祥伝社《しょうでんしゃ》
東京都千代田区神田神保町 3-3
〒 101-8701
電話　03（3265）2081（販売部）
電話　03（3265）2080（編集部）
電話　03（3265）3622（業務部）
www.shodensha.co.jp
印刷所　錦明印刷
製本所　積信堂
カバーフォーマットデザイン　芥 陽子

Printed in Japan ©2020, Rintarō Azusa ISBN978-4-396-34635-5 C0193

祥伝社文庫の好評既刊

梓 林太郎
金沢 男川女川殺人事件
旅行作家・茶屋次郎の事件簿

ふたつの川で時を隔てて起きた殺人。時効後に現れた犯人とは？ 失踪した老作家の行方は？ 茶屋、金沢で謎に挑む！

梓 林太郎
安芸《あき》広島 水の都の殺人
旅行作家・茶屋次郎の事件簿

私は、母殺しの罪で刑務所に入れられました――。冤罪《えんざい》を訴えたのは被害者の実の娘。茶屋が辿り着いた真相は？

富樫倫太郎
生活安全課0係《ゼロ》 ファイヤーボール

杉並中央署生活安全課「何でも相談室」通称0係。異動してきたキャリア刑事は変人だが人の心を読む天才だった。

富樫倫太郎
生活安全課0係 ヘッドゲーム

娘は殺された――。生徒の自殺が続く名門高校を調べ始めた冬彦《ふゆひこ》と相棒・高虎《たかとら》の前に一人の美少女が現われた。

富樫倫太郎
生活安全課0係 バタフライ

少年の祖母宅に大金が投げ込まれた。冬彦と高虎が調査するうちに類似の事件が判明。KY刑事の鋭い観察眼が光る！

富樫倫太郎
生活安全課0係 スローダンサー

「彼女の心は男性だったんです」――性同一性障害の女性が自殺した。冬彦は彼女の人間関係を洗い直すが……。

祥伝社文庫の好評既刊

西村京太郎
十津川警部
絹の遺産と上信電鉄《じょうしんでんてつ》

西本刑事、世界遺産に死す！　捜査一課の若きエースが背負った秘密とは？　そして、慟哭の捜査の行方は？

西村京太郎
出雲《いずも》　殺意の一畑《いちばた》電車

駅長が、白昼、ホームで射殺される理由――山陰の旅情あふれる小さな私鉄で起きた事件に、十津川警部が挑む！

西村京太郎
十津川警部捜査行
愛と殺意の伊豆踊り子ライン

亀井刑事に殺人容疑!?　十津川警部の右腕、絶体絶命！　人気観光地を題材にしたミステリー作品集。

西村京太郎
火の国から愛と憎しみをこめて

JR最南端の西大山駅で三田村刑事が狙撃された！　発端は女優殺人事件。十津川警部、最強最大の敵に激突！

西村京太郎
十津川警部
わが愛する犬吠の海

ダイイングメッセージは自分の名前!?　16年前の卒業旅行で男女4人に何が？　十津川は哀切の真相を追って銚子へ！

西村京太郎
北軽井沢に消えた女
嬬恋《つまごい》とキャベツと死体

キャベツ畑に女の首!?　被害者宅には別の死体が！　名門リゾート地を騙る謎の開発計画との関係は？

〈祥伝社文庫　今月の新刊〉

梓林太郎

博多　那珂川《なかがわ》殺人事件
旅行作家・茶屋次郎の事件簿

病床から消えた元警官。揉み消された過去が明らかになったとき、現役警官の死体が！

西村京太郎

十津川警部シリーズ　**古都千年の殺人**

京都市長に届いた景観改善要求の脅迫状――。十津川警部が無差別爆破予告犯を追う！

森　詠

ソトゴト　謀殺同盟

公安の作業班が襲撃され、一名が拉致される。七十二時間以内の救出命令が、猪狩に下る。

小杉健治

偽《ぎ》証《しょう》

誰かを想うとき、人は嘘をつく――。静かな筆致で人の情を描く、傑作ミステリー集。

小路幸也

マイ・ディア・ポリスマン

〈東楽観寺前交番〉、本日も異常あり？　凄ワザ自慢の住人たちの、ハートフルミステリー。

三好昌子

むじな屋語蔵《かたりぐら》　**世《よ》迷《まよ》い蝶次**

〝秘密〟を預かる奇妙な商いには、驚きと喜びが。重荷を抱えて生きる人に寄り添う物語。

黒崎裕一郎

必殺闇同心　隠密狩り　新装版

阿片はびこる江戸の町で高笑いする黒幕に、〈闇の殺し人〉直次郎の撃滅の刃が迫る！

稲田和浩

豪傑　岩見重太郎

決して諦めない男、推参！　七人対三千人の仇討ち！　講談のスーパーヒーロー登場！

岩室　忍

信長の軍師外伝　**家康の黄金**

家康に九千万両を抱かせた男、大久保長安。江戸幕府の土台を築いた男の激動の生涯とは？